説 —

巨乳嫁みだら奉仕

梶 怜紀

竹書房ラブロマン文庫

目次

この作品は、竹書房ラブロマン文庫のために
書き下ろされたものです。

第一章　Ｆカップ女宮司のわななき

六月、大安の某日、Ｑ県飯合町《いいあいまち》の飯合神社の本殿で雅楽が鳴る中、今まさに、結婚式の最大の儀式が始まっていた。

緋袴《ひばかま》姿の巫女《みこ》が、三段重ねの盃にお神酒《みき》を注《そそ》いでいく。

新郎は、鍋倉浩史《なべくらひろし》、二十七歳。新婦は鈴木佐緒里《すずきさおり》、二十四歳である。

浩史は国立Ｑ大学農学部を卒業し、Ｑ県の県庁所在地であるＱ市市役所の防災対策課に勤めている公務員。

新婦の佐緒里は東京出身だが、園芸を学びたいとＱ大農学部の園芸学科に進学して、先輩の浩史と知り合った。

二人は大学の先輩後輩の関係で学生時代から付き合いはじめ、遂に結婚することになった。

浩史の紋付き袴姿もなかなか様《さま》になっているし、佐緒里の打掛《うちかけ》姿は、新妻の美しさを誇示していた。今日は梅雨の中休みのようで、太陽が二人の晴れ舞台を照らしている。

「佐緒里さん、ほんとうに綺麗《きれい》」

そう言っているのは長男の妻の藤崎愛美《ふじさきまなみ》。隣で長男の藤崎浩一《こういち》が微笑《ほほえ》んでいる。愛美は紋付姿で人妻らしい落ち着きを見せているが、その美しさは、花嫁に劣らない。

浩一が結婚したのは四年前。愛美との熱烈な恋愛結婚だったが、藤崎家がQ県一の伝統を誇る造り酒屋で、入り婿《むこ》になることが結婚の条件だったため、鍋倉から姓が変わった。まだ子供はいない。

主人になれば、第十七代藤崎屋利兵衛《ふじさきやりへえ》の名前を襲名することが決まっている。

(いい子が嫁に来てくれて本当によかったよ。佐緒里さんは可愛いし、愛美さんは美人だし……)

盃事をしている次男と嫁を見て、新郎の父親で五十五歳の鍋倉浩輔《なべくらこうすけ》は、懐《ふところ》に入れてきた妻の写真に語り掛けている。

(母さん、これで俺の役目も終わったかと思うと、ほっとするよ……。それにしても、母さんにもこの浩史の晴れ姿を見せてやりたかった……)

鍋倉家の席に新郎の母はいない。浩輔の妻、由恵《よしえ》はクモ膜下出血で二年前に急死した。それで、浩史と佐緒里の結婚も一年延びたのだが、遂にここまで来た。

（母さん、あとは自分のお役目をしっかり果たして、二人の門出を祝うからな……）

浩輔がお役目と言っているのは、『豊栄舞《とよさかのまい》』である。

『豊栄舞』は、結婚式の時だけ踊られる、子孫繁栄を祈願した飯合神社の伝統ある踊りで、本来は式の最後に祭主の神主とその妻が踊る。元来は男女交合を示すかなり露骨《ろこつ》な踊りだったらしいが、今はさすがに抽象化されて優美な舞いになっている。

これを浩輔が踊らなければいけない理由は、浩輔が飯合神社の氏子総代《うじこそうだい》だからだ。

飯合神社は平安時代に建立されたと言われる伝統ある神社だが、要するに地域の氏神様で初詣や祭礼の時でもなければ、参拝者はほとんどいない。

今の宮司《ぐうじ》は山根佐代子《やまねさよこ》。本当は夫の智範《とものり》が宮司だったのだが、夫が事故死したため、神職の資格を持っていた佐代子が引き継いだ。だから、今日の結婚式の祭主は佐代子である。

智範が生きていたころは、豊栄舞は智範・佐代子の夫妻で踊って奉納されていたのだが、男踊りをするものがいなくなったので、氏子総代である浩輔に白羽の矢が立ったのだ。

「新郎の父親が、舞の奉納なんかしたらおかしいでしょう」

その話を聞いたとき、言下に断ったが、佐代子はすぐに反論した。

「父親だからこそいいんです。本来は両親が踊って、子孫繁栄の祈りを婚姻する子供のために、神様に捧げるものだったんですから」

とはいえ、一回の結婚式のために両親に踊りを覚えてもらうのは、現代では無理があるため、いつの間にか宮司夫妻が踊ることになったという。

「氏子総代の役割だと思って、諦《あきら》めてください」

息子が飯合神社で結婚式を挙げることになったのも、浩輔が氏子総代だからだ。浩史と佐緒里はＱ市の結婚式場で式を挙げるつもりだったのだが、飯合神社の繁栄のため、という佐代子のたっての願いで、ここでやることに決まったのである。

（氏子総代なんか引き受けるんじゃなかった）

そうぼやいてみても無理である。鍋倉家は元々このあたりの大名主の家柄で、氏子総代は鍋倉家代々のお役目だったのだ。その上、浩輔が苺農家として成功していることはみんな知っているから、断る選択肢は端《はな》からなかった。

しかし、今、浩輔は豊栄舞を佐代子と踊れることに悦《よろこ》びを感じている。

豊栄舞はせいぜい二、三分の踊りで、披露《ひろう》するのは結婚式の最後。しかし、豊栄舞こそが、この式全体を司《つかさど》っているのだ。

実は踊るときには、舞はほとんど終わっている。浩輔がこのことを知ったのは、昨日である。

眼前で祝詞《のりと》を上げている宮司の佐代子は、今は浅葱《あさぎ》色の装束《しょうぞく》を着けて目立たないが、実はかなりの美熟女《びじゅくじょ》だ。三十五歳。神主の仕事をしながら、Ｑ市の高校で国語の講師をしている。

踊りの手ほどきは佐代子から受けた。踊りそのものはさほど難しいものではなかったが、男女の踊りが絡《から》むところがある。そこを綺麗に見せるのが大変だった。二人で何度も合わせ、ようやく形が整った。

昨日の最後の合わせでは、「夫と踊っているみたいでした」と佐代子から太鼓判を貰《もら》った。

帰ろうとしたときに、佐代子から訊《たず》ねられた。

「明日ですけど、豊栄舞を本式でやりますか、簡略式でやりますか？」

「踊りが違うんですか」

「最後の踊りは同じですけど、それまで踊り手がすることが違うんです」

「どう違うんですか？」

「これから言うことはほんとうに秘伝で、豊栄舞の踊り手だけに代々伝わってきたことです。絶対に口外しないようにお願いします。口外すると、新婚夫婦に禍いが降ると言われています」

「怖いですね。……もちろん、誰にも言いません」

浩輔は真面目に答えた。

「豊栄舞って、実は踊りだけのことを指すのではないのです。朝から二人の踊り手が行う全てが豊栄舞です。というよりそれが豊栄舞の本質だと思います」

「はあ……？」

浩輔は、佐代子が何を言いだすのかと心配しながら見る。

「踊り手が、結婚式の前にやらなければいけないのは、斎戒沐浴《さいかいもくよく》と神前での奉納交合《こうごう》です」

「えっ、ひょ、ひょっとして、本殿でセックスするということですか？」

「本式の場合はそうなります。豊栄舞は、両親が子供にセックスの手ほどきをする風習が変化したものですから。ご存知かもしれませんが、このあたりでは、昔は結婚式が終わると、婚家の両親と新婚夫婦だけが残って、両親がセックスをして見せて、それから子供同士がセックスするのが習わしでした」

「話に聞いたことはありましたが……本当だったのですか？」

悪ガキどもの噂話で、高校生の頃聞いたことがあるが、浩輔は信じてはいなかった。

「はい。明治時代の初めまではその習慣が残っていたと言います。その後の文明開化で、こういった習俗はすたれて、今の踊りに変化していったのですが、踊り手の夫婦は、新婚夫婦のセックスが上手《うま》くいくように自分たちもセックスして、オーラを本殿に立ち上らせる。最後の踊りは、そうやってセックスのオーラを伝えてくれた神様へのお礼だと言われています」

「簡略式はどうなりますか？」

「形だけはしますけど、本当の斎戒沐浴も奉納交合もしないのが簡略式です」

「本式の方が望ましいんですよね」

「もちろんそうです。奉納交合が上手くいくと、新婚夫婦の仲が睦《むつ》まじくなり、子宝にも恵まれると言われるんですよ。もちろん迷信なんでしょうけど。でも主人は、『簡略式でやって、夫婦仲が上手くいかなかったら申し訳ない』と言って、いつも本式で準備しました。私と鍋倉さんは夫婦ではないので、私の方から本式をお願いするわけにはいきませんし、簡略式でも仕方がないかとは思いますが……」

「じ、じゃあ、私が本式をお願いすれば、佐代子さんは受けてくれるんですね」

「それは……、はい……、わたくしも神様にはきちんとお仕えしたいんです」

佐代子が顔を赤らめて俯《うつむ》いた。

浩輔はしばらく考えた。

佐代子は未亡人だし、自分は男やもめである。セックスして誰に迷惑をかけるわけではない。それにこの結婚式は、自分の息子の晴れ舞台だ。父親が真面目にやらずに夫婦仲が悪くなったら、あとで後悔することは間違いない。

その上、佐代子は十分魅力のある美熟女だった。こんな美熟女を、お役目とはいえ抱けるのは、この上なく嬉しい。これは本式を選ぶしかなかった。

「本式でお願いします」

「分かりました。明日は朝四時半にはこちらに来てください。準備はこちらでしておきますので、手ぶらで結構です。ただ、お式が十時からなので、遅れないようにしてください」

「分かりました」

そのまま帰ってもよかったが、浩輔は、初めて知った豊栄舞の秘密をもっと知りたかった。

「ところで、佐代子さんって、これまで奉納交合をずいぶんやられてきたんですか？」

「そんなに多くはないです。最近はうちで結婚式を挙げる人自体が少なくて、一年に一～二回しかないですから、全部合わせても十回というところだと思います」

「相手は全部前の神主さん？」

「そうですね」

前の神主が亡くなったのは、浩輔の妻の由恵が亡くなって間もなくだったと思う。

ということは、飯合神社で結婚式は一年以上行われていなかったのだ。

「じゃあ、ご主人が亡くなった後の結婚式は、全部お断りしていたんですか？」

「飯合神社の御利益は五穀豊穣と子孫繁栄ですから、結婚式こそがこの神社が行うべき一番の行事なんですけど、正しい豊栄舞ができないのであればやる意味はないので、はい、お断りしていました。でも、鍋倉さんがお相手をしてくれることになって、ようやく復活できるんです。だから、あたし、ほんとうに喜んでいるんです」

「でも、ほんとうに私でいいんですか？　私は神職の資格もないし、佐代子さんと夫婦でもないんですよ」

「それは構わないです。私は偶然神職の資格を持っていましたけど、普通は神主の妻は神職ではないのです。でもここの神主さんの妻は皆、この舞を踊っていたのですから……。それに神の前では神様の思《おぼ》し召《め》しが一番大切です。鍋倉さんは神様から白羽の矢が立ったとお考え下さい」

そんなわけで、浩輔はまだ暗い朝の四時半に飯合神社までやってきた。昨日言われた通り、手水《ちょうず》で手を洗い、口を漱《すす》いで、社務所の呼び鈴を鳴らす。

白襦袢《しろじゅばん》姿の佐代子が出てきた。

「おはようございます。まず、こちらで白襦袢に着替えてください。一度全裸になっていただいて、この単衣《ひとえ》だけ着てください。履物は藁草履《わらぞうり》になります」

社務所の中の小部屋に案内された。

浩輔は言われたように全裸になり、白い薄物の襦袢だけを身に着け、紐で合わせを結わえる。

「これからは秘儀になりますので、二人だけでやります。また儀式ですので、私の指示に従ってください」

「はい」

「では、こちらへ」

案内されて社務所の裏まで歩いていくと、大岩の間から竹筒が引き出され、豊富な湧水がそこから滝のように落ちていた。

「まず、こちらで滝に打たれていただいて身を清めます。かなり冷たいので、覚悟してください。私が祝詞を唱えますので、それが終わるまでは出ないでください」

「裸になるんですか？」

「いえ、そのままで」

佐代子の厳しい視線が、浩輔に滝の下に入るよう促《うなが》していた。浩輔は覚悟を決めて、そろそろと中に進む。

飛沫《しぶき》が掛かった。冷たくて、逃げ出したくなりそうな水だ。しかし、佐代子に情けない姿を見せるわけにはいかない。必死の思いで、落下する水の下に進む。

落ちる水が当たって頭が痛い。

（勘弁だよ……）

そうは思うが、可愛い息子のためだ。眼を瞑《つむ》って必死に我慢する。

佐代子が祝詞を唱え始める。最初は滝の外で唱えていたが、次第に彼女も唱えながら滝の下に入ってきた。

（抱いてください）

眼が訴えていた。

浩輔は滝の水に打たれながら、佐代子を抱きしめた。佐代子も浩輔の背に手を廻した。

二人が抱き合ったまま滝に打たれる。

抱き合って打たれていたのは、せいぜい十五秒ほどだったろう。しかし、それは永遠とも思えるような長さだった。余裕があれば、佐代子の素晴らしいプロポーションを味わうことも可能だと思うが、痛さと冷たさに耐えるだけで、とてもそんなことまで意識が向けられない。

「はい、おしまいです」

意識が半分遠のいたところで、ようやく滝行が終わった。

頭から足の先までずぶ濡れだ。単衣が肌にまとわりついて、それも気持ち悪い。それでも乾いたタオルで顔と頭を擦《こす》ると、ようやく人心地がついた。

（おっ、これはこれは……）

隣で顔を拭《ふ》いている佐代子の単衣が、水を含《ふく》んで佐代子の身体に貼りついて透明になり、佐代子の裸が透《す》けていた。

特に豊満な乳房は白襦袢を持ち上げ、セピア色の頂《いただき》もはっきり分かった。下に目を向けると、股間の叢《くさむら》も透けている。

（今からこの美女を抱くんだ）

そう思うだけで、股間に血液が集まっていくのが分かる。

「さあ、こちらへ」

佐代子は自分の姿を意識していないのか、淡々と浩輔に声をかけながら目の前の引き戸を開け、社務所の中に入っていく。三和土《たたき》で藁草履を脱ぐように言われ、そのまま横の部屋に連れられた。目の前が浴室だった。

「滝行で冷えた身体を温めましょう」

そう言うなり、佐和子は躊躇《ちゅうちょ》することなく白襦袢を脱ぎ捨て、浴室に入っていく。

浩輔は恥ずかしかったが、これも儀式の一環であれば仕方がない。慌てて全裸になると、後に続いた。

浴槽にはお湯が張ってあったのだろう。佐代子は、既に肩まで沈んでいた。

「二人一緒に入れますから、鍋倉さん、さあ、どうぞ」

隣を空《あ》けてくれる。

「えっ、は、はい」

何の屈託《くったく》もなく勧《すす》めてくれる未亡人に驚きを感じながらも、そうっと入っていく。

温かいお湯で冷たさが一気に解消した。

「これも儀式の一環なんですか？」

「うふふ、これは違いますよ。滝行した人が風邪ひかないように作ったんです。まあ、休憩ですね」

透明のお湯の中で揺らめく佐代子の裸が艶《なま》めかしい。そこに目を向けないように気をつけながら、浩輔は佐代子に尋ねる。

「この入浴が終わったら、あとは、そのぅ、本番ですか？」

「はい、そうなんですけど、奉納交合は結構形式ばっているので、先にお互いが興奮していないと、なかなか上手くいかないんです。ですから私と別室で準備をしていただいて、それから、神の前で最後までします」

「別室で準備って……」

「お互いが十分興奮できるまで、たっぷり前戯をします」

「前戯……ですか？」

「はい、鍋倉さん、こんなおばさんで申し訳ないですけど、たっぷり可愛がってください」

熱のこもった眼で見つめる。今日初めて、佐代子は瞳に欲望の炎を燃やした。

淫靡《いんび》に微笑むと、佐代子は浩輔の手を取り、自分の乳房まで持ってきた。

「いいんですね。揉《も》んでも……」

「はい、お願いします」

年齢相応に垂《た》れ始めているが、お湯の中でもずっしりと重みを感じる。

(男好きのする身体、って言うんだろうな……)

そう思いながら掌《てのひら》に力を込めていく。

「大きいですね。何カップですか？」

「Eカップです」

思ったほどではなかった。おそらく身体がスリムなので、十分大きく感じるのだろう。

柔らかさを堪能《たんのう》しながら佐代子の身体を引き寄せてみると、唇を求めてきた。

女性と唇を合わせるのは何年ぶりだろう。妻が亡くなってから、こういう経験は全くなかった。佐代子はどうだったのだろう。

「こんなこと訊《き》いてはいけないんでしょうけど、ご主人が亡くなられてから、セックスの経験ってあるんですか？」

「残念ながらないんですよ。この神社のご神体は、ご存知だと思いますけど男女がセックスをしている局所を切り取った形の石で、実は乱交推奨なんです。だからね。あたしももっと頑張らなければいけないんだけど……」

「え、そうなんですか？」

「だって、子供をたくさん作ろう、というのがここの神の趣旨ですから……。でも、夫との間には子供が出来なくて……」

涙が零《こぼ》れていた。

「それも神様の思し召しだったんじゃあないでしょうか？」

浩輔は慰めるつもりでそう言った。しかし、それが佐代子の逆鱗《げきりん》に触れた。

「それって、あたしが至らないから神様が子供を授けてくれなかったということですか？」

「いえ、そ、そんなことはないと思います。うちだって、長男のところはまだ孫がいませんし、今はなかなか子供ができない時代なんですよ」

慌てて釈明する。そして、彼女の怒りを鎮《しず》めるべく、キスと乳房への愛撫に集中する。

「あっ、あん、ああん……」

この作戦は成功したようだ。すぐに佐代子は愛撫に身を任せ、声を上げてきた。

乳房の周囲から、乳首に向かってマッサージするように手を動かしていく。

「ああっ、気持ちいいです。鍋倉さん、おっぱい愛するの、お上手ですね」

そう言いながら、佐代子は浩輔の股間に手を伸ばしてきた。

「うふっ、硬く……なっていますね。ああっ、そろそろ別室で……」

身体を拭くと、二人とも裸のまま隣の六畳間に入る。大きな神棚がある以外は何もなかった。その中央に敷布団が一枚敷かれている。

「本堂の控えの間なんです。いつもはもっと雑多にものが置かれているんだけど、今日は鍋倉さんと初めて肌を合わせるから、みんな片付けてしまいました」

佐代子は立ったまま口づけを求めてくる。

比較的大柄で、普段の農作業で鍛えられがっちりしたタイプの浩輔に、小柄でスリムな佐代子がしゃぶりつくように攻めのキスを繰り出してくる。

浩輔は、それをしっかり受け止めながら、更に反転攻勢の機会を目指す。

浩輔の中に入れてきた佐代子の舌先を唇で摑《つか》まえて、チューッときつめに吸い上げると、熟女未亡人は腕に力を込めて、背中を反《そ》らした。

二人はそのまま、布団の上に倒れ込む。

「どうしたらいいんですか？」

勝手を完全に理解していない浩輔が声をかける。

「こ、この部屋では何をしてもいいです。とにかく、二人とも気持ちよくなって、御本殿に行ったら、ご神体の前ですぐにできるように……」

「要するに、射精しなければいいっていうことですか？」

「そうです。出すのだけは、神様の前で、私の中に出してください」

「その時、避妊具とかは……」

「何を言っているんですか。赤ちゃんを授かるための行為なのに、避妊なんかしたら、神様の思し召しに反します」

「でも、ほんとうに妊娠したら困りますよね……」

「多分大丈夫ですよ。今日は安全日ですし、そもそもあたしが妊娠しやすい体質だったら、もう、子供の三人や四人はいます」

佐代子は亡くなった夫とはかなり頻繁《ひんぱん》にセックスしていたらしい。それなのに、亡くなった後はセックスに無縁《むえん》だったというのだから、燃えてくれるだろう。事実、今だって、浩輔の肉棒に手を伸ばし、擦り続けているのだ。

「じゃあ、そろそろ僕のおち×ちん、おしゃぶりするかな？」

誘うように訊いてみる。

「ウフフフフ、カチカチですね」

「そりゃあ、さっきから、佐代子さんのエロい裸を見続けているんですから……」

そう言いながら浩輔は布団の上に仰向《あおむ》けになり、膝を立てた。その中に、佐代子は勢いよく顔を入れてきた。

「ああっ、ほんとうに立派。たまらないわ」

そう言いながら、佐代子は男好きする厚めの唇を、何度も押し付けてきた。

「ほんとうに大きい。握っていても大きいとは思っていたけど、こうやって口に入れると、入らないほどだわ」

感動した声は積極性につながる。

「あっ、佐代子さん、ああっ、凄いっ」

敏感な亀頭を美熟女の舌が這い回ると、それだけでもう何も言えなくなる。最高に気持ちがいいのだ。

(俺のチ×ポって、こんなに敏感だったっけ……？)

死んだ妻とは、最後のセックスまでフェラチオは欠かさなかったけど、彼女のフェラはこんなに繊細なものではなかった。

気持ち良さのレベルが違うのだ。新たな経験に感動が湧き上がる。

さっきまで修行僧のような面持《おもも》ちで、てきぱきと神事を執《と》り行っていた佐代子の動きが、今は別人のように淫蕩《いんとう》だ。

「んん、んく……、んんん、うぅんんん」

神主にして高校教師でもあるというお堅いイメージとは全く異なって、眼を爛々《らんらん》と輝かせながら肉棒をしゃぶりつくす姿に、浩輔は新たな欲情を覚える。

「神様の前では、フェラはできないんですよね」

「はい。もちろんです……」

素早く答えると、じれったそうな表情で再度肉茎を口の中に送り込んでいく。

動きが大胆だ。

いつの間にか、かなり喉《のど》の奥深くまで怒張を送り込み、ロングストロークで頭を動かしている。

「うぐ、んんん、ううんん、んんんっ」

浩輔の巨根に吸い寄せられたような熱心な舌捌《したさば》きに、浩輔が感動する。くっきり張り出したエラが、彼女の口腔粘膜を擦り、これはこれで、舌とは違った快感を浩輔に伝えていた。

「おおっ、佐代子さん……、あああああああっ」

しばらく経験のなかった腰が勝手に震えだすような感動に、浩輔は身を任せる。

「うぐ、んんんん、んく、んんん、んんんんんんん……」

休むことなく動く口許《くちもと》は、摩擦音《まさつおん》だけが艶《つや》っぽく響く。その艶めかしさに、浩輔は更に興奮する。

「ぼ、僕にもサービスさせてよ。そのまま、身体を回転させて僕の上に乗るんだ」

浩輔の指示に、佐代子は何をされるかをすぐに理解したようだった。肉棒を口に咥《くわ》えたまま身体を百八十度回転させ、女の中心を浩輔の顔の上までもってきた。

「うん、その位置でいいよ。オマ×コを僕の顔にくっつけるつもりで腰を浮かして……」

久しぶりに目にする生の女の中心。もじゃもじゃの叢は手入れされていなかったが決して濃いものではなく、中に光る赤い粘膜は、十分に湿っている。

「中まで見せて貰うね」

浩輔は独《ひと》り言《ごと》を呟くように言うと、中に下から指を入れていく。

「ああああっ……」

女の粘っこい声が漏《も》れる。

粘っこいのは声だけではなかった。既に女の中心はぐっしょりで、指を入れた途端《とたん》、熱い粘液が人差し指に絡みついてくる。

(自分とすることを悦んでくれている……)

熱心なフェラチオからそれは予想できることではあるけれども、股間の濡れ具合がこうなっているということは、佐代子と浩輔とで、豊栄舞の一連の儀式を行うのは正しいことなのだ。

「んん、うんんん、んく、あうんんんん……、ああっ、そこっ、だめっ」

浩輔が、しっかり肥大し始めた赤黒い肉芽をつまんで転がすと、佐代子は丸いヒップをくねらせながら、肉棒を吐き出した。

「ここ、感じるんだね……」

中年男の図々しさで、クリトリスへの愛撫をさらに強める。

「ああっ、か、感じるぅ……。でも、あたしがしているんだから……」

フェラチオをしている自分に攻撃の権利があると言いたいらしい。

「でも、こんなエッチなオマ×コを見せつけられたら、弄《いじ》らないわけにはいかないだろう」

そう言い返すと、また感じるポイントを指先で攻め続ける。

「ああっ、あうっ、こ、こんなに気持ちいいなんて……」

湧き出す愛液の量が一気に増える。

「こんなにドロドロになって、神様は許されるんですか？」

割れ目の奥まで指を滑り込ませ、膣の入り口を大きくかき回す。

「うちの神様は、エッチが好きだから……」

佐代子は何とか答えたが、更に浩輔が指を激しく動かし始めると、愛液にまみれた媚肉《びにく》がクチュクチュと歌い始め、熟した肉体が引《ひ》き攣《つ》った。

「ああっ、あぅ、あああっ……」

「気持ちいいね。もっと弄って欲しいんだな」

「あああっ……」

よがり声だけの返事だったが、佐代子はそれを望んでいると信じた浩輔は、更に手指の動きを激しくする。

「ああっ、ダメッ、ああっ、佐代子っ、指でイッちゃう。あああっ、指じゃイヤなのっ、堪忍《かんにん》して……」

「分かった。指は嫌でも口ならいいだろう。さあ、もっと腰を下げて、キスされるんだ」

佐代子は従順だった。浩輔の身体の上で四つん這いになったまま腰を下ろし、秘部を顔ぎりぎりまで寄せていく。

浩輔は少し頭を浮かせると、滴《したた》り落ちそうになっている愛液に舌をかざし、指で陰唇を押すようにして舌の上に注がせる。

「ああっ、す、凄く恥ずかしいですぅ……」

声が震えている。滴り落ちる体液を男の口に受け止められるのは、ほんとうに恥ずかしいようだ。全身がピンクに染まっている。しかし、佐代子は逃げようとはしなかった。股間を震わせながら、男の舌を待っている。

浩輔はその様子を確認しながら、舌を伸ばして、陰唇全体を舐《な》めてやる。

「ああっ、鍋倉さんに舐められているのぉ……」

喜悦《きえつ》の声で現状を説明しながら、佐代子はもっと舐めてと言わんばかりに花唇を震わせた。その度《たび》に愛液が滴る。

「使い込んだオマ×コとは思えないくらい、美味《おい》しいよ」

「ああっ、仰《おっしゃ》らないでぇ……」

そう言いながらも、言葉責めも嬉しいのか、ますます湧き出る愛液が増える。

「綺麗だし、エロいし、最高のオマ×コだよ……」

そう言って、浩輔がまた舌先を固めて割れ目の中を広げていくと、温かい粘液が止めどもなく注ぎ込まれる。

「ああっ、そこっ、ああっ……」

固めた舌先を駆使しながら全体を舐めまわして、佐代子に更によがり声を叫ばせる。

「んあっ、ああっ、ああん！　あっ、あっ、あうっ……」

「佐代子さんも僕のおち×ちん舐めて！　シックスナインだ」

興奮している浩輔は、更なる要求を出す。

「ああっ、そ、そんな、無理ですぅ……」

佐代子はそう言いながらも、男の要求に応えるべく、肉棒を口に含む。

しかし、それ以上のサービスは無理だった。

浩輔が陰核を思いきり吸い上げたのである。

「ああっ、そこぉっ、ダメッ！」

佐代子は背中をそらして絶叫し、口にしていたものを吐き出してしまった。

それに気をよくした浩輔は、舌先で肉豆を嬲《なぶ》りながら、零れてくる愛液を飲み続ける。

そうすると、四つん這いの佐代子の腰が艶めかしく揺らぎ、その扇情的で淫靡な姿が、更なる興奮を引き起こす。

浩輔の逸物《いちもつ》はもう何の直接的な刺激を受けていなかったのに、海綿体には血液が流れ込み、その硬さはほぼ爆発寸前に達している。

「この部屋で、エッチしちゃっていいんですよね」

浩輔は佐代子の下から身体をよじりだすようにして言った。

佐代子も四つん這いを崩して身体を起こす。

「は、はい、とにかく神様の前で最後まで行ってもらえるなら、あとは何でもいいです」

「神様の前では正常位でするんでしたね」

「そう聞いています」

「じゃあ、ここではそれ以外のいやらしい体位で盛り上がりましょう」

浩輔は立ち上がると、佐代子の後ろに廻った。

「もう一度、四つん這いになってください」

「えっ、またですか……？」

その姿を後ろから見ると、丸くムチムチと発達したヒップが揺れる。

「神主さんで学校の先生が、こんなエロいヒップをしていることって、許されるのかな」

男の支配欲が急に湧き上がり、言葉責めをしてしまう。

「ああっ、ごめんなさい」

謝罪の言葉に更に興奮し、思わず佐代子のヒップを平手でスパンキングしてしまう。

「アッ、アアッ！」

佐代子は痛みを訴える代わりに色っぽい吐息を零した。浩輔はそれにますます興奮する。

「いつもこの尻を震わせて、生徒や参拝者を誘惑しているんだろう……」

「ああっ、そんなことしていません」

「神に仕える身でありながら嘘《うそ》を吐《つ》くなんて、ほんとうに悪い女だ」

また、さっきと同じように尻を張った。

「ああっ、痛いですぅ……」

その声は痛みを悦んでいるようなゾクゾクとした色気が感じられた。

「お仕置きが必要だな」

四つん這いの佐代子のヒップを引き寄せる。

「ああっ、鍋倉さあん……」

佐代子の艶のある声が浩輔の逸物を導く。秘所の花弁は、さっき全ての蜜を舐めとったはずなのに、また新たな粘液で光っている。

「おチ×ポでお仕置きするぞ」

浩輔は下品に言いながら、花弁の間に怒張を宛《あて》がい、ゆっくりと押し込んでいく。

「ああっ、鍋倉さんが……、来てるぅ……」

「佐代子さん、中、熱いよ……」

濡れ濡れの肉ビラが亀頭に吸い付き、燃え上がった佐代子の蜜壺は燃える暖炉のように熱かった。うねうねと味わうように肉ビラが動く。

「ああっ、鍋倉さんの……、あああああっ、凄く大きくて硬いの、あああっ……」

肉棒が膣壁を押し分けるようにして更に中に進むと、佐代子は早速切羽詰まった声を上げる。四つん這いの身体が小刻みに動き、Eカップの乳房が重力のせいだろうか、さっきよりも肥大してフルフルと波打っている。

「ああっ、ほ、ほんとうに凄いですぅ。こんな凄いの、佐代子、初めてぇ……」

神職の資格がとれる大学で国文学を学んでいたという佐代子は、男性経験は決して豊富な方ではなかったようだ。亡くなった夫と出会ったのも学生時代だったというのは、浩輔が氏子総代を引き継いだ時に聞いた話だ。

「腰を動かしますよ」

「ああっ、やさしくしてぇ……」

激しく動かされたらどうしようかと思うみたいだ。まだいくらも動かしていないのに、蕩《とろ》け切った顔でねだってくる。

「それじゃあ、お仕置きにならんでしょう」

浩輔はそう言うと、ふくよかな乳房やバストとは対照的に引き締まったウェストを両手で固定した。

一度引けるところまで怒張を引き抜いた浩輔は、呼吸を整えると勢いよく逸物を打ち込んでいく。

「ああっ、凄いのっ、奥が壊れそう、あっ、はあああああああうん」

「これならお仕置きになるかな？」

「なります。もっといけない佐代子をお仕置きしてください」

「どこをお仕置きするのがいいの？　またお尻を叩いてほしい？」

「ああっ、意地悪ぅ。叩かれるのは嫌ですぅ。もっと突いてくださいぃ……」

「分かったよ」

浩輔は、逸物をゆっくり前後に動かして、美熟女の反応を楽しむ。ゆっくりとした動きには、媚肉の反応もゆっくりで、肉棒をしっかり包み込んで味わおうとする。

「ああっ、気持ちいいですぅ。この体位がこんなに気持ち良かったなんて夫は教えてくれなかった……」

佐代子は恍惚《こうこつ》とした表情で、悦びを伝えてくれる。

しかし、浩輔はもちろん、こんなスピードで動かし続ける気はなかった。

浩輔は肉棒を入口の浅いところに数回擦りつけて肉襞《にくひだ》の反応を楽しんだ後、尻肉を軽くスパンキングしながら、一気に突き込む。

「ひやあぁぁぁぁっ」

この急な変化を予想していなかった佐代子は、驚きの声を上げながら四つん這いの身体を大きくのけぞらせ、乳房をブルブル震わせる。

「ああっ、凄すぎるぅ……」

経験が少ないといっても、そこはさすが熟女。急な突き込みにも、驚きはしても逃げることはなかった。奥深いところで受け止めるのが嬉しく、涎《よだれ》を垂らしながら、中年男の巨根に溺れている。

浩輔はもちろん攻勢の手を緩《ゆる》めない。掌の痕《あと》が赤く染まった大きな尻朶《しりたぶ》を両手で強くつかみ、激しく腰を振り立てる。

「あっ、ああっ、あああん、奥が……、奥が……、気持ちいいのぉ……」

朝の明るい陽光が、雨戸の隙間から差し込んでいる。その光にピンク色の裸体が反射し、その後ろ側で鮭紅色の肉穴に、浩輔のちょっと黒い肉茎が出入りしている。掻《か》きだされた愛液は、ポンプから吐出されるように間欠的にこぼれ、シーツに染みを作っていた。

「はっ、はあああん、こ、こんなに凄いの……、は、初めてなの……、ああっ、あうっ、あああああっ」

佐代子は上半身がいつの間にか潰《つぶ》れ、シーツに突っ伏していた。両手でシーツをがっちりつかんだ手が小刻みに震えている。

浩輔は垂れさがった乳房を佐代子の背中から手を伸ばして鷲掴みにした。既にセピア色の乳首はすっかりいきり立ち、鋭く尖っている。

「おっぱいを揉まれながら突かれるのもいいでしょう」

乳房をしっかり握りしめるために、浩輔の腰が浮いた。その分、中で当たる位置がずれる。その違いで佐代子の乱れ方がどう変わるかが楽しみだ。

一度スローダウンする。そうすると、擦られる位置が変化していることは浩輔にもよく分かった。

「あっ、あああっ、あうっ、あっ、ああっ」

ピッチを下げたおかげで、佐代子の声も落ち着く。喘《あえ》ぎ声が小さくなり、呼吸が整ってくる。

浩輔は、ずれたポイントを突き上げるように一番奥の手前を押し込むようにして、キノコのようなエラで膣壁を擦り続ける。

併せて乳房の揉み込みの力を少し増やしてやると、悦楽の声が浩輔の耳に伝わる。

「ああっ、あああん、あっ、鍋倉さん、上手い……、あああっ」

佐代子はダブルに攻められる快感に酔っている。

少しずつピストンのペースを上げていくと、佐代子の腰が浩輔の肉茎を引き込むようにくねくねと揺れる。色白の背中がピンクに染まり、さっき汗を流したばかりなのに、もうすっかり汗ばんでいる。

「ああああっ、あああん、あああっ、あっ、あっ、あっ、そこぉーっ」

佐代子は、遂には自らの腰を後ろに突き出すようにして、しばらく一番奥まで来てくれなかったものを誘い込もうとする。

「出すのは神様の前で、ですよね」

浩輔はそう言いながら肉棒を引く。

「ここでも出して、神様の前で出して貰ってもいいんです……」

「それは自信がないです。今出してしまって、神様の前で出せなかったら、豊栄舞の踊り手、失格でしょう」

「ああっ、それはそうですけど……」

後ろを振り向いた佐代子が浩輔の顔を恨めしそうに見る。

（こんなエロチックな表情をできる女《ひと》なんだ……）

浩輔は感動し、中の逸物が更に一回り太くなったような気がする。

その時、スマホのアラームが鳴った。

「えっ、電話ですか？」

「いえ、違います。本殿に移る時間をセットしておいたんです」

浩輔はここでもっと佐代子の身体を堪能したかったが、時間であれば仕方がなかった。

「じゃあ、行きましょうか……？」

「あたし、本当は、もっとここで気持ちよくさせて欲しかったんですけど……」

「大丈夫ですよ。本殿で気持ちよくして見せますから」

浩輔はギリギリのところで、女神主から逸物を引き抜いた。

一休みしたところで、二人は準備を始めた。

二人は再度白襦袢を身に着け、帯を締める。二人とも唇に半紙を畳んだものを咥える。もう口をきいてはいけないということだ。

本殿の観音開きの扉を開き、祭主佐代子に引き続いて浩輔も中に入る。

盛り塩をした三方《さんぼう》が四隅《よすみ》に置かれる。

二人は、神殿の前に敷いた布団に正座した。深々とお辞儀し、それから佐代子が神殿の扉を開ける。

ご神体は「女陰に刺さった男根」で、そちらへ向けて二人は二礼、二拍手、一礼のお辞儀をした。

ここからが奉納交合の本番だ。

（ああっ、ヤバいな……）

浩輔は焦《あせ》りを覚えた。さっきまであれほどいきり立っていた逸物が、一連の儀式を行っているうちにすっかりしぼんでしまったのだ。

（どうしよう。困ったな……）

佐代子の裸体を見れば回復するだろうか。それに期待するしかない。いまさら逃げられない。

手順は進んでいた。

神への御挨拶が終わったことで、今度はお互いが向かい合う。それぞれ手を伸ばし、相手の帯を解く。

膝立ちの佐代子が後ろに来て、白襦袢を肩脱ぎさせてくれる。そして、彼女が背を向けた。今度は浩輔が佐代子を脱がせる番だ。

まだ逸物は回復していない。

（とにかく、ペッティングからやるしかないな……。飯合神社の神様はとてもエッチだという噂だから、神様もお許し下さるだろう）

覚悟を決めた浩輔は、佐代子の白襦袢を肩脱ぎさせながら、唇に咥えていた半紙をそっと取った。佐代子の耳元で囁く。

「また、四つん這いになって。獣の姿の媾合《まぐわい》を神様に見せつけるんだ」

「それはいけません。罰が当たります」

「大丈夫だよ。神様だって、エッチなセックスがお好きに決まっているよ。それに最後は正常位でするから……」

佐代子はさっきの体位が途中で終わったのが欲求不満だったようだ。自分もあの体位で続けたいという気持ちがあったのだろう。佐代子はしばらく考えてから答えた。

「もう、仕方ないわね……」

ためらうそぶりを見せながらも、全裸で四つん這いの姿勢を取ってくれた。

「神様、犬畜生の振舞いをお許しください」

浩輔はそう口の中で唱えると、美熟女の尻朶を割り開く。すぐさま、乾きを知らない鮭紅色の秘苑に唇を伸ばす。

「ああっ、それはいけません」

佐代子には予想外の行為で、身体を捩《よじ》って逃げ出そうとしたが、浩輔はそれを許さない。

「神様だって、佐代子さんのおそそを舐めたいはずですよ。それを私が代わってやるんです」

「ああっ、お許しください」

誰に向かって許しを乞うているのか分からなかったが、中の淫臭をたっぷり吸い込みながら、肉ビラを舐めまわす。

「ああっ、ダメッ」

神の前にもかかわらず、艶めかしい声が零れ、新たな粘液が漏れ出してくる。

それを啜《すす》ると、浩輔の逸物が一気に上を向いた。

念のためとクリトリスも再度舌で転がす。

「ああっ、ほんとうに、神様の前で、恥をかかせないで……」

宮司のたしなみと思うのか、佐代子は、さっきのようには乱れない。

そうなると、何としてでもイカせてやりたいと思うのが男の性《さが》だ。

また佐代子の性感のポイントを舌で弾《はじ》いてやる。

「ああっ、ダメッ、それっ、ダメッ……」

佐代子は尻肉を小刻みに震わせながら、切羽詰まった声を上げる。

艶めかしいよがり声で、砲身の角度がさらに上がり、浩輔は臨戦態勢に突入したことを自覚する。

（じゃあ、神様、失礼して、佐代子さんと結合しますね……）

黒曜石のご神体をじっと見つめて念じると、ウェストを両手でがっちり押さえて、再度肉棒を中に送り込む。花弁の中心に亀頭を接触させると、怒張を一気に中まで突き入れた。

「ああっ、突然はダメっ……、ああっ、凄いっ、来てるぅ……」

神様の前では神に語り掛けることだけが許される。だから、本殿に入るときから、二人は半紙を唇に咥えて、声を出すことを抑えてきたが、もうそんなものはどこかに飛んでいっていた。

別室と同じように後ろから佐代子の美乳を鷲摑みにした。

膝立ちになって、奥をかき回す。

「あっ、ああん、あっ、あっ、あっ……」

密やかなよがり声が、だんだん大きくなって、愛液も吐出する。肉襞も浩輔の肉茎にうねうねと絡んでくる。

「佐代子さん、どうされるのが好きか、神様にお知らせするんだ」

「神様に、そんなはしたないこと、お伝えできません……」

「でも神様に本当のことをお伝えするのが、神前交合でしょ……」

「そ、そんなこと、教わっていません……」

儀式は伝承だが、こんな田舎《いなか》神社の伝承だ。細かい作法が昔から変化がないはずがない。そう浩輔は腹を括《くく》ってご神体を見ると、ご神体もそうだと言わんばかりに朝の光に輝いている。

「ご神体もお聞きになりたいって言っているよ。そうじゃないと……」

切羽詰まっている女神主の秘穴から逸物を引き抜こうとする。

「ああっ、ダメですぅ。言います。言います。神様にお伝えするから、もっと、あたしの奥を突いて、もっと気持ちよくして…、ああっ、奥まで鍋倉さんのおち×ちんでいっぱいにしてっ……」

「僕に求めるんじゃあなくて、神様にお伝えするんだ」

「ああっ、神様、佐代子は、奥を突かれるのが、好きですぅ……」

「神様は奥だけじゃあ、分からないって言っている」

「ああっ、オマ×コですぅ。オマ×コの奥ですぅ……」

浩輔は本殿で佐代子に卑語《ひご》を言わせたことに満足しながらも、更に畳みかける。

「それだけじゃあないだろう？」

「おっぱい弄られるのも、お豆弄られるのも好きですぅ……」

「よし、分かった。佐代子さんの好きなこと、神様にしっかり見てもらおうな……」

もう一度佐代子のＥカップ美乳を握りなおす。乳輪のぷっくり膨《ふく》らんだ乳首を摘《つま》みながら、ぐっと身体を引き寄せる。

「ああっ、そ、そんなことをしてはダメっ、いけません！」

佐代子の華奢《きゃしゃ》な肉体を持ち上げながら、浩輔はそのまま腰を下ろす。すぐさま、佐代子の両足に自分の足を絡ませ、大きく広げる。

ご神体に向かい合ったまま、太股を開いた美女宮司の身体が浩輔の膝に乗り、背面座位のかっこうで、肉棒が沈んでいく。

「ああっ、おち×ちんが、あああっ、入ってくるぅ……、神様ぁ……、ああっ、お願い、見ないでぇ……」

「佐代子さん、違うよ。神様、佐代子のオマ×コにおち×ちんが入ってくるところを見てくださいだよっ」

「そんなこと言えないっ」

その間にも熟《う》れた美尻が降りてゆき、すっかりいきり立った怒張が、佐代子の濡れそぼった肉壷を突き上げていく。

「ああっ、あああっ、奥、奥に来ているぅ。ああっ、神様ぁ……、ひやぁんんん」

ご神体なんて唯の石だとは思うものの、浩輔にとっても、神に見られながらセックスをしているという感覚は残り、美女の媚肉の熱さをご神体に見せつけるようにしながら納めていく。

全部が一番奥まで納まると、女体が震える。

「そうそう、神様に見せながら、チ×ポを締めつけるんだ……」

「ああっ、神様……」

神に見つめられていることに興奮しているのか、佐代子の肉壷は、過剰なほどに反応して、濡れた粘膜を絡みつかせてくる。

その感触はとことん柔らかく、その甘い感触は、浩輔の男の獣の本能を呼び起こす。

(神様、見てくれ……)

神は何も言わないが、浩輔は下から激しく怒張を出し入れしてしまう。

「ああっ、いいっ、あはん……、たまらないのぉーっ」

神の前であっても自分をさらけ出すことに慣れてきたのか、佐代子は、胡坐《あぐら》の上で股間を広げながら、しどけなく身体を震わせる。

唇を半開きにして、白い歯を覗《のぞ》かせながら、自ら肉棒を求めるように尻を突き出す仕草を見せる。

浩輔は、佐代子の仕草が、あとで二人で踊る豊栄舞の動きと酷似しているように見えた。

（豊栄舞ってやっぱりセックスの踊りなんだ……）

感心しながら佐代子に声をかける。

「佐代子さんエッチだよ。神様も悦んでいるよ」

美乳を後ろから揉みしだき、乳首を潰すように捏《こ》ね回す。そうしながらも浩輔は肉棒の根元まで届く痺《しび》れるような快感に酔いしれながら、突き上げを忘れない。

「ああっ、おっぱいもぉ……、ダメぇ……、あああん、、いいっ、いいのぉ……、あっ、すごいのぉ……、神様ぁ……っ」

大きく開かれた長い脚の付け根に、ゴツゴツの肉根が出入りを繰り返す。それに乳首を押しつぶすような動きを加える。

黒光りしたご神体に、二人の動きが反射する。

佐代子の白い背中が弓なりになり、甘い声を出し続けてよがり泣く。

「ひやぁ、ああっ、あああん、もう、ああっ、イッちゃうぅぅぅ……」

乳房や乳首を押しつぶす浩輔の手に自分の掌を重ねながら、美熟女宮司は限界を口にする。

「イッていいよ。神様の前でイクんだ。俺も付き合うから」

熟した蜜壺の締め付けに、久しぶりの女体を味わった浩輔も爆発寸前だ。

たわわな乳房から手を離し、細いウェストをしっかり固定すると、激しい突き上げに移行する。巨乳が大きく上下に揺れ、よがり声がますます激しくなる。

「ああっ、あっ、あっ、あああん、あああっ……、あ、あとは中に……」

「分かっている」

豊栄舞を正式に舞うときは、女壺に男の精液が残っていることが必要である。

その話を聞いたとき、浩輔は確認した。

「中出しして、大丈夫ですか？」

「多分大丈夫よ。うちの夫婦、結婚して夫が亡くなるまで八年、普通にセックスしていたのに子供が出来なかったのは、あたしが妊娠しにくい体質だからなの。その上、今は妊娠しにくい時期だから……」

だから、浩輔はたっぷり中出しするつもりだ。

浩輔は美女の身体と入れ替わり、佐代子を布団に寝かせると、すぐさま両足を取った。

今まで入っていた女の中心にぽっかり穴が開いている。そこを目がけて、上から肉棒を深々と打ち込んでいく。

亀頭が濡れた膣奥にグイッと食い込み、男の敏感な裏筋や亀頭のエラに肉襞が擦りつけられ、この上ない気持ち良さだ。

正常位は男の体位だな、と思いながら腰を振るう。背面座位でほとんど絶頂に達していた美女は、すぐに昇り詰める。

「ああっ、はあっ、ああん、あたし、イクぅ、あああっ、イク、イクぅぅぅぅ」

鋭い突き込みに、黒髪を乱れさせて女の極みを叫ぶ。

(神様、僕がイカせるところを見てやってください……)

祈りながら腰を振るうと、遂に、

「イクぅぅぅぅ！」

激しい声を上げ、下腹を引き攣らせて佐代子は上り詰めた。

蜜壺も強く反応し、肉襞が脈動しながら、浩輔の逸物を食い締めてくる。

「神様、イキますっ！」

浩輔がご神体に向かって力強く宣言すると、佐代子の中で怒張を爆発させる。

勢いよく精液が迸《ほとばし》り、収縮して狭くなっている子宮口に命中する。

「ああっ、きてるぅ……、ああっ、凄いっ、ああっ、神様ぁ、あたしたちこの媾合を奉納しますぅ」

何度も襲ってくるエクスタシーの波に翻弄《ほんろう》されながらも、佐代子は奉納の言葉を発するのであった。


その三時間後、佐代子の司る神事は滞りなく進んでいる。

(俺の精液があの中にあるんだ……)

佐代子の表情が真面目ながらもどこか色っぽい。

この本殿のこの場所でさっき、男女のドロドロしたセックスが行われたことは当事者の二人と、ご神体しか知らない。そして、ご神体が納められた神殿は既にしっかり扉が閉ざされている。

しかし、浩輔は、ご神体が二人の下品なほどいやらしいセックスを悦んでくれたと感じている。

今とてもすがすがしい気分だ。佐代子を見ると、佐代子も同じ気持ちなのだろう。神の手に乗って儀式をやっているように見えた。

親族固めの盃が終わり、あとは豊栄舞だけだ。踊る二人を除いて、全員が本殿前の前庭に下り、床几《しょうぎ》に座る。

笙《しょう》と篳篥《ひちりき》、それに鼓《つづみ》の伴奏《ばんそう》に乗せて二人は踊り始めた。子沢山の象徴であるウサギが模様に入っている衣裳だ。

浩輔は今、神に踊らされていることを感じている。中に浩輔の精液を溜めた佐代子との舞は、二人の息がぴたりと合っている。

見ている浩史夫妻も、その他の親族も、感心している様子だ。

浩輔は息子の結婚式が、自分の精力で有終の美を飾れることを実感し、父親としても、氏子総代としても最高の幸せを感じていた。

第二章　家政婦のみだらサービス

（ああっ、まずいなあ、全然終わらない……）

部屋の片づけをしながら、鍋倉浩輔は焦っていた。あと十分で頼んでいたハウスキーパーがやってくる時間だ。ハウスキーパーには家の掃除を依頼しているのだが、これだけ散らかっていたら、掃除に取り掛かれない。

何とか掃除に取り掛かれるぐらいまで事前に整理整頓をしたかったのだが、もうどうしようもなかった。

（来るのは多分ベテランだから、許してもらうしかないな……）

相手はプロなのだから、きっと対応してくれるに違いないと祈るだけだ。

昔はこんな心配をする必要がなかった。妻の由恵は綺麗好きで、浩輔の散らかしたものを片付ける名人だったのだ。しかし、由恵が急死してから二年、家の中は散らかり放題になっている。

下の息子の浩史が結婚式を挙げてから、既に二か月が過ぎていた。浩史夫妻はＱ市の官舎住まいだ。防災対策課の職員である浩史は、市役所から徒歩三十分以内のところに住むことが義務付けられているから、隣町の実家から通うことはできない。

そんなわけで官舎住まいは否応《いやおう》なしなのだが、嫁の佐緒里は今時の娘には珍しく、結婚前から浩輔の家での同居を望んでいたので、官舎住まいは少し残念そうだった。

結婚後も、夫婦でよく遊びに来る。

長男の浩一夫妻はそんなことはなかった。

盆と正月にはあいさつに来るが、それ以外はほとんど顔を出さない。

きっと次男のところもそうだろうと思っていたら、月に二回ぐらい顔を出して夕食まで作ってくれる。

無精《ぶしょう》で残しておいた浩輔の洗い物をきちんと片付けてくれる。

丸顔で笑窪《えくぼ》が可愛らしく、更に服の上から見てもよく分かる巨乳の嫁が遊びに来てくれることはとても嬉しいが、新婚間もない嫁に、来るたびに舅《しゅうと》の家の掃除や片付けをさせるのはあまりにも忍びない。

(自分ではできない以上、頼むしかないよな)

そう決心して、ハウスキーパーを依頼することにしたのだ。

しかし、掃除をお願いするハウスキーパーのために事前整理をしなければいけないのは、まさにトホホである。

全部投げ捨てて逃げたくなった。

「ピンポーン」

その時チャイムが鳴った。

「城南ハウスサービスからまいりました中川《なかがわ》でございます」

若々しい女性の声だった。もうあきらめるしかなかった。

「はい、今行きます」

浩輔はサンダルを履くと、ドアを開けた。

外には会社のカラフルな制服に身を包み、帽子をかぶった美女が立っていた。

「お入りください」

美女の顔を碌《ろく》に見ず、玄関の中に招き入れた。

「えっ、社長さん……」

その声に浩輔は驚いた。相手の顔を確認する。見間違うことがあるはずなかった。

中川あいり。かつての浩輔の秘書である。

浩輔は、二十歳の大学生の時、起業してＩＴ企業を立ち上げた。まだインターネットの揺籃期《ようらんき》で、今のような社会インフラになるかどうかも分からない時期だったが、浩輔の狙いは当たった。

あっという間に売り上げは向上し、会社の規模は拡大した。最初は自分一人だけだったのが、三年後には社員十五人、五年後には三十人、十年後には百人規模、年間売り上げも二十億という会社に成長していた。

その後はいろいろ浮き沈みもあり、その会社自身は浩輔が四十歳を過ぎた十数年前に、他社に買収されて浩輔は社長を退《しりぞ》いたのだが、あいりは、浩輔が社長を退く三年ほど前に一年間ほど社長秘書として浩輔に仕えたのである。

あいりは美しいだけではなく、社長秘書として有能だった。浩輔は当時から、片付けるということが全くできない男で、資料やなにかの準備や片付け、ファイリングは秘書の仕事だった。それを完璧にこなしたのが、あいりだった。

「中川くん、何で、こんなところに……。結婚するって会社を辞めたよな」

十数年ぶりで会った元秘書は、サービス会社の制服姿であまり目立たなかったが、かつての美しさに妖艶さも持ち合わせた美熟女に変身していた。昔から巨乳だったが、それが一段と迫力が増した気がする。

「はい。確かに結婚しました」

「でも、きみ、東京だっただろう。何でこんなところに……。あっ、そうか、旦那さんの転勤についてきた？」

「いえ、違います。あたし、もともとこっちなんです。あの頃は、親が東京に転勤していたから、親元から通っていましたけど、今は旦那と別居中で、地元に戻って働いているんです」

「離婚した？」

「旦那が離婚届に判を押さないから、まだ法律上はあいつの嫁ですけど、気持ちは独身です。だから、旧姓を名乗っているんですよ。それより、社長こそどうしたんですか、こんなところで……。か、会社はどうしちゃったんですか？」

「いろいろあってね、売り払ったよ」

浩輔は根っからの技術者で、そもそも経営が好きではなかった。会社の規模が小さいうちは、自分で設計図を書いて試作品を作り、関係先に売り込みにも行ったが、大きくなるとそういうわけにはいかない。どうしても金勘定と人事が社長の一番の仕事になる。

それに加えて、ＩＴバブル時代は、ＩＴ技術自体がマネーゲームの道具にされたこともあって、会社経営にすっかり嫌気がさしたのである。他社との合併の話が出たとき、浩輔は喜んで身を引いた。

「ここは、僕の実家なんだ。会社を売り払ったときにこっちに引っ込んで、農家を継いだんだよ」

「へえ、それは驚きの転身ですね……。大変じゃないですか？」

浩輔が主に栽培しているのは苺だ。苺栽培の盛んなこのあたりでも、浩輔の経営規模は、町一、二を争っている。

「天候も、苺もこっちの思い通りにはならないけど、会社みたいに人間関係の面倒くささはないからね。結構、性《しょう》に合っているんだ」

「今はお一人暮らしなんですよね」

「そうなんだ。女房は亡くなったし、二人の息子は結婚して出て行ったから……」

「お寂《さび》しいですね」

あいりの眼がきらりと光ったような気がした。しかし、特に何もなく、二人は散らかった部屋で段取りを相談した。今日は掃除をしてもらい、その後は状況に応じて家事全般に仕事を増やすことになった。

「では、そろそろ仕事に取り掛からせていただきます」

「じゃあ、僕は畑を見てくるからよろしく頼むよ」

掃除のとき、自分が邪魔をしてはいけない。そう思って外出した。

農作業を終えて、家に戻ってみると、家の中は見違えるように綺麗になっていた。

その上、あいりは浩輔の元秘書だけあって、浩輔の好みをよく分かっていた。仕事関係の資料をより分けて、ひとつにまとめてくれていたのだ。

「いやあ、プロって凄いものだね。中川くんは秘書としても凄かったけど、ハウスキープの腕も一流だね」

「一応主婦でしたから……」

「ではこれからも、週二回、家事をしに来てくれよ」

「はい、ご注文、ありがとうございます」

浩輔の家は、浩輔がUターンして戻って来たときに建て替えた豪邸だ。元々広い宅地があり、そこに和風の邸宅を構えた。一階は二間《ふたま》続きの座敷と奥の仏間、広い食堂とキッチン、家事室、バス、トイレがある。二階は子供たちが使っていた子供部屋と夫婦の寝室となる和室、納戸、それに浩輔の書斎、トイレがある。

しかし、妻が亡くなり、子供がいなくなった今、使っているのはユーティリティルームを別にすれば、書斎と寝室だけだ。それなのに、どこもかしこも散らかっている。

ありがたいことに、あいりが定期的に来るようになって、家の中は瞬《また》く間に綺麗になった。それと共に、浩輔とあいりの会話もどんどん増していった。

「何であの時、あたし、秘書を馘《くび》になったんですか？」

ある日、仕事が終わって余った時間に二人でお茶を飲んでいる時、あいりが訊ねてきた。

あいりが浩輔の秘書をしていたのは一年強ほどの間で、その後は若い男性社員に交替させていた。

「単なるローテーションじゃあなかったのかな」

浩輔はそう言葉を濁した。

当時、秘書は総務部の所属で、総務部長が業務を割り振る建前だった。しかし秘書を交代させるのに、社長の意思が入らない訳はない。要は、浩輔はあいりが魅力的過ぎて怖くなったのである。

あいりの抜群の業務処理能力がビジネスだけに限定されてくれればよかったのだが、いつの間にか、浩輔を男として見るようになっていた。仕事の説明を聞くふりをして、さりげなく乳房を押し付けてくることもあったのだ。

浩輔は、そんなあいりにのめり込みそうだった。このままいくと、きっと自分も彼女から離れられなくなりそうで怖かった。

まさか社長が秘書に手を出すわけにはいかない。浩輔はあいりを断腸の思いで交替させたのだ。

「実は、あたし、あの時社長に憧れていました。社長はあたしの気持ちに気づいていなかったのでしょうか……？」

あいりは浩輔をじっと見つめてきた。一瞬二人の視線が交錯する。一瞬の間をもって、浩輔は口を開いた。

「気づいていたよ。本当のことを言うと、君みたいな美人に、あれだけかいがいしく尽くされて、僕の理性が飛びそうで怖くなったんだ」

「でも、社長って、怖かったけど、真面目でしたよね。セクハラ行為なんて、全然なかった」

「君みたいな美人秘書を使っていたら、それだけで周囲から色眼鏡《いろめがね》で見られるんだ。そんなことしたら、大変なことになるって思っていたからね」

「あたしは全然かまわなかったんですよ」

「今頃、そんなことを言わないでくれよ。その時、それを知っていたら……」

「セクハラ、してました？」

あいりは悪戯《いたずら》っぽく笑った。

「どうだろうね。僕もスケベな男だからね。喜んでしていたかもしれないね」

あいりは真面目な顔になった。

「あたしは、社長が、狼になってくれることを期待していました。でも結局はダメでした」

「悪かったね。あの頃は女房も元気だったし、第一、社長が秘書に手を出したことがばれたら、社内に示しがつかない、と思ったんだ。だから、君が結婚退社するって聞いて、凄く残念ではあったんだけど、正直ほっとしたよ」

「でも、もう社長じゃあないですよね。奥さんも亡くなられたし、あたしも別居中で、今、特にお付き合いしている方もいません……」

あいりが何を求めているかは明らかだった。今はもう、誰に遠慮する必要もない。

浩輔は意を決した。

「中川くん、今晩、プライベートで夕飯作りに来てくれないか？」

「いいんですか？　お夕飯を作るだけで……？」

「もちろん、一緒に食べて、それから……」

「それから何ですか……？」

「今晩泊って、明日の朝の朝食も作って欲しいな」

「あしたも仕事があります……」

「じゃあ、無理、……かな……？」

浩輔が遠慮がちに言うと、あいりは慌てたように言った。

「いえ、大丈夫です。明日、朝ご飯の片づけが終わったら、それから仕事に行きます」

「ああ、そうしてくれるとありがたいな」

「それで、社長さん、今晩、何を召し上がりたいですか？」

「それで、そろそろ、その社長さん、というの、もう止めないかい」

「だったら、社長さんも中川くん、って、仰るのをやめて下さい」

「分かった。今晩から、お互い、名前で呼ぶことにしよう」

「それで、夕飯の希望は何でしょうか？　浩輔さん」

美熟女に見つめられながら名前を呼ばれると、背中がくすぐったい感じがする。それが五十路《いそじ》半ばの中年男には嬉しくもある。

「いつもは、冷蔵庫にあるもので料理をお願いしているから、今日は全部任せるから、ぜひ、あいりのアイディアで御馳走してくれよ」

「ウフフフ、はい、分かりました。では任せてくださいね」

サービス会社の制服姿の美熟女は、そう言うとにこやかに立ち上がった。


「浩輔さん」

夕方、買い物袋を提げて現れたあいりは、昼間とはすっかり様変わりしていた。アップにしていた髪を下ろし、メイクもくっきりと華やかなものに変えていた。

サマーカーディガンの下はノースリーブのブラウスに黄色いフレアスカート。三十八歳になった元秘書は、その美しさを最大限に強調する熟女風の格好だ。

ブラウスはちょっときつめな感じで、乳房をしっかり強調している。

「はあ、き、綺麗だよ……」

それしか言いようがなかった。ここしばらく、制服のパンツ姿でナチュラルメークのあいりしか見ていなかったから、新鮮だ。

「浩輔さんは待っていてくださいね。できあがったらお呼びしますから」

あいりはそう言うと、手持ちのエプロンを着けてキッチンに入っていった。

きっかり一時間後、あいりは浩輔の書斎をノックした。

「浩輔さん、御飯の用意ができました」

浩輔がドアの方に振り向くと、ドアが遠慮がちに開いて、あいりの顔が半分見えた。社長時代と一緒だった。浩輔があいりに「入りなさい」と言うと、社長室に「失礼します」と言って身体を滑り込ませるのがいつものことだった。

しかし、今は自分は社長ではないし、あいりも秘書ではない。

浩輔は「おおっ、ありがとう」と言うと、すぐに食堂に向かった。

「浩輔さんは普段和食が多いから、今日はイタリアンにしてみました」

あいりは、作った料理を順々に説明してくれる。

「まず、前菜代わりにブルスケッタ。トマトを乗せました。それからサラダ代わりのバーニャカウダ。お野菜は浩輔さんが栽培したものが半分ぐらい入っています。パスタはカルボナーラです。一番シンプルにベーコンとバジルと生クリームです。メインは豚と鳥で、豚料理がサルティンボッカ、鳥はチキンカチャトーラです。あとはエスプレッソとケーキも用意してあります」

「すごいな、全部作ったの？」

「まさか、そんなことないですよ。ケーキはもちろん買ってきましたし、バーニャカウダのソースも市販品です」

「こうなると、ワインも欲しいな」

「はい、浩輔さんならそう仰ると思って、ちゃんと用意してあります。イタリアのスプマンテ、プロセッコです」

ワインクーラーで冷やされたワインが食卓に置かれた。

エプロンを外した美熟女が浩輔の向かいに座った。

「浩輔さん、さあ、栓を抜いて、注いでください」

浩輔は二つのフルートグラスにプロセッコを注ぐ。細かい白い泡が、黄金色の液体の中を上に抜けていった。

「乾杯」

二つのグラスがぶつかった。

「嬉しいです。あたし、浩輔さんとこうやって二人で食事するのって、初めてなんですよ」

「そうかもしれないな」

秘書とボスが一緒に食事をする機会は、あるようでない。浩輔が社長時代は、昼は誰かと会議しながらのビジネスランチがほとんどだったし、夜の会食に秘書を同行させることもなかった。社内の宴会では一緒になったことはあるものの、その時は他の社員も大勢いた。

あいりの手作りの料理は美味だった。都内のイタリアンレストランにも負けないほどだ。浩輔は美味《うま》そうにどんどん平らげていく。ワインも二人でどんどん干していく。

あいりの顔が赤くなり始めている。それが熟女の色気をますます増しているような気がする。ほぼ全部の料理が空《から》になって気がつくと、あいりのブラウスのボタンは上二つが外されており、胸の谷間が見え隠れしている。

「暑いのか？　顔が赤い」

胸元のことは気づかないふりをして、浩輔はさりげなく尋ねた。

「なんか、火照《ほて》ってきたみたいです。脱ぎたいぐらいです」

「別に僕は構わないよ。脱いでも」

全然いやらしい行為を開始しない浩輔にしびれを切らしたのか、あいりが誘いをかけてきた。

「じゃあ、脱ごうかな……」

上目遣いで浩輔を見る。

「あいりの美貌は昔からよく見ているけど、あいりの素晴らしいプロポーションは見たことがなかったからな……。脱いで見せて欲しいな……」

「ああっ、やっぱり恥ずかしい……。で、でも、あたしは浩輔さんの家政婦ですから、ご命令には従いますわ」

「要するに、僕がご主人様になって、あいりにエッチな命令を出して欲しい、ということかい？」

「そ、そんなこと、申しませんけど、浩輔さんがしたいなら……」

「分かった。今晩は、エッチな家政婦に無理難題を聞いて貰おう」

浩輔はワイングラスを持ってソファーに移った。

「あいり、僕の前に立って、手を頭の後ろで組むんだ」

「こうですか？」

あいりは、ためらいがちに立ち上がると、両手を頭の後ろに組んで、浩輔の前に立った。綺麗に手入れされた腋が眼を射る。

「あの清純だった秘書が、どんないやらしい熟女家政婦に変わったのか見たいな。裸になってくれるかい？」

「はい」

そう答えると、あいりはためらうことなく、ボタンを外し始める。ボタンが全部外れると、胸のふくらみで、ブラウスがフワッと外に広がった。

「スカートが邪魔だな。それも脱いでっ」

「はい、お待ちください」

ホックを外して脱ぎ落す。

「おおっ」

思わず声が出た。

あいりのフェミニンなフレアスカートの下には、ヌード色のストッキングを吊っている黒いガーターベルトがあった。

「おおっ、凄いよ」

驚いて目を見張る浩輔の前で、ブラウスも脱ぎ落とした。レースの黒のブラジャーと黒のショーツ、それにガーターベルトがセットのランジェリーだ。

薄いレースは乳首の形も、下の叢もうっすらとその存在が分かる。

「恥ずかしいです」

そう言いながら、両手で隠す。

「恥ずかしいって、それ、僕に見せるために着てきたんだよね」

浩輔の声が上ずっている。

「ああっ、仰らないでください」

「手を横においていて、ゆっくり回って、よく見せてよ」

「ああっ、もっと普通の下着で来ればよかった……」

そう言いながらゆっくり回転してみせる。プロポーションの良い熟女のシルエットが見事だ。透けて見えるきめ細やかな肌にライトが反射する。

「ものすごくセクシーだよ」

「そうですか？」

浩輔に褒められたのが嬉しいようだ。にこやかに微笑んだ。

「会社時代もそんなの着ていたの？」

「まさか、ないですよ。あの頃はまだ清純だったんですから……」

「ほんとかなあ。あの頃も本当は僕に抱かれたかったんだろ？」

「本当です。会社にそんなエッチな下着を着て行ったりしません」

あいりは拗《す》ねたように言った。

「じゃあ、今日は何でそんなものを着てきたの？」

「ああっ……。あ、あのぅ……、もう年を取って、昔みたいじゃなくなったから、少しでも社長にその気になって貰えるように、ああっ、これを着てしまいました……。ああっ、恥ずかしい」

言うなり、あいりは顔を覆《おお》った。

浩輔は、昔のあいりのことを思い出した。確かに巨乳だったとは思うが、あの頃は若さが先にあって、色っぽさはそれほどでもなかったように思う。

今は、色気が違う。年齢相応の丸みは帯びていて昔よりは太っているのだろうが、その脂肪のつき方のバランスが良いのだろう、しっかり括《くび》れのあるウェストを中心にふくよかなバランスがいい。

ハウスサービスの制服の時も、本人の気づかない熟女の色気が零れることがあったが、セクシーな下着姿になれば、そのプロポーションの良さと相俟《あいま》って、隠すことのできない熟女の色気が家中に充満する。

浩輔は優しく言った。

「僕は、今のあいりの方がずっと魅力的だと思うけど……。ほんとうにあいりの身体が、そんなに見られない身体かどうか、僕がしっかり見分してあげるよ。それにしてもあいり、胸の谷間が凄いよっ」

「ああっ、恥ずかしい」

あいりは両腕で乳房を隠した。

「隠しちゃだめだよ。僕に見て欲しいから、そんなエッチな下着を着てきたんだろう。

どれぐらいの大きさなのか、そろそろブラジャーを外して見せてよ」

あいりは小さく頷《うなず》くと、背中に手を廻し、ホックを外した。吊るされた重たげな巨乳がぐっと下がり揺れる。後ろ向きになって肩脱ぎをし、外したブラジャーをテーブルに置くと、乳房を片手で隠しながら、浩輔の前に立った。隠した手の間に見え隠れする大きな乳暈《にゅううん》がそそられる。

「手を下ろして、しっかり見せてっ」

あいりはゆっくり手を下ろした。

押さえられた乳房が下がり、両側に広がった。

「ほう……っ」

浩輔は息を吐いた。思った以上に美しく、若々しい。とても三十八には見えない。

「ああっ、垂れているから、恥ずかしい……」

やや垂れ気味なのは本当だが、柔らかく震える巨乳は熟女の色気たっぷりだ。乳暈が広いのも、あいりの内に秘めた淫《みだ》らさを感じさせて嬉しい。

「昔から巨乳だとは思っていたけど、凄いな。何カップ？」

「は、はい、Gカップです」

「昔、僕の秘書をやっていた時もGカップだった？」

「あの頃はFカップだったかもしれないです」

「じゃあ、みんなに揉ませているうちに、育ったんだな……」

「ああっ、そんな意地悪、言わないでください」

顔を隠したまま、いやいやする。その様子が年増《としま》なのに可愛い。もっと虐《いじ》めたくなる。

「どれだけの男に、そのおっぱい、揉ませたのかな……？」

「い、言うんですか……。十人ぐらいです」

「本当かな。三十八、ほぼバツイチ、いまは独身みたいなものだから、もっと多いだろう……」

「ああっ、に、二十人ぐらいです」

「全員、元カレか……？　こんなエッチな身体なんだから、行きずりのセックスも、したことあるだろう」

「行きずりのエッチも、し……しました」

声がハスキーになっている。それも色っぽくてたまらない。

「じゃあ、僕の社長秘書をやっていた時も、当然彼はいたな……」

「ああっ、い、いました」

「じゃあ、その彼とエッチしながら、僕にも抱かれたくて、色目を使っていたのか……？」

「す、済みません」

あいりは泣きそうになっている。それが可愛くて、抱きしめたくなる。

「今は、カレシ、いるの？」

「今はいません」

「じゃあ、最後にエッチしたのはいつ？」

言葉が返ってこない。

「僕の質問には、全て素直に答える約束だろ……」

「は、はい……。あのぅ……、は、半年ぐらい前です」

「もちろん、旦那と別居してたよな」

「はい別居していました」

「その相手は誰なんだい？」

「は、はい、ちょ、ちょっとそれは……」

「行きずりか？」

「あっ、仰らないでください」

図星だったようだ。

「こんなエロいおっぱいの持ち主をナンパできて、そいつも喜んでいたんだろうなあ……」

浩輔は立ち上がると、あいりの乳房をむんずとつかんだ。

「ああっ、浩輔さん……」

あいりが潤《うる》んだ眼で見上げてきた。唇を近づけると、吸い付くように接着した。あいりの唇は甘かった。舌を唇の中に滑り込ませると、すぐさま反応する。手指でGカップ巨乳を鷲掴みにしてその感触を確かめながら、舌を動かしていく。

「あっ、あっ、ああん」

手指が柔らかい乳肉に沈み込み、握りしめると蕩けそうに柔らかい。

「本当に大きいな。僕の手は大きい方だと思うけど、指の間からはみ出してくるよ……」

「やっ、あふん、はああん」

熟れ切った三十八歳の肉体は、浩輔の荒々しい責めに急激に燃え上がっていく。透き通るような白い肌が、妖艶に赤く火照り、じっとりとした汗をにじませる。

「浩輔さん、そ、そんなに、おっぱいばかり弄られたら、あたし、おかしくなってしまいます……」

「ほんとうにおかしくなっているかどうか、調べてやろう……」

浩輔は、右手で乳房を揉みながら、左手をショーツにかける。しかし、片手だけではうまく下げられない。

あいりは、浩輔の唇を自ら求めて舌を絡ませると、自らの手もショーツにかける。そして、キスを求めながら、ショーツを引き下ろしていった。

あいりが脱いだショーツを自分の手で拾おうとしたところ、浩輔がそれを先に奪い取った。

「ああっ、ダメですよぉ、浩輔さん」

あいりが奪い返そうとするが、取らせない。

「なんか、底が湿っているな。どうした、あいり、おしっこ、漏らしたか」

「ち、違います。おしっこなんか、漏らしていません」

「じゃあ、これは何なの？　説明して」

「あっ、汗、そう、汗ですぅ」

浩輔は、その部分を鼻に押し付けて、くんくん臭いを嗅いだ。

「なんか、スケベな臭いがするな。汗の臭いじゃないぞ」

「い、いじめないでください……。あ、あそこの汁ですぅ……」

「あそこって、どこかな？」

「ああっ、言うんですか？……オ、オマ×コです……」

「なんでオマ×コが濡れているのかな……？」

「だ、だって、憧れの浩輔さんに、あたしの裸を見られて、おっぱいを揉まれているんですよ。濡れちゃいますよ……」

恥ずかしさがつのるのか、怒ったように言った。

「それじゃあ、憧れの浩輔さんは、家政婦になった元秘書の濡れ濡れオマ×コをしっかり見なきゃいかんな。あいりも見て欲しいだろ」

「はい、み、見て欲しいです」

「じゃあ、座敷に」

ガーターベルトにストッキングだけを着けた美熟女は、浩輔とともに隣の和室に移った。夜具は既に敷いてある。

「仰向けに寝て、自分で両足を持って大きく広げるんだ。そして、僕に見てくれるようにお願いするんだ」

浩輔は自分もスウェットシャツを脱ぎながら言った。

浩輔の求めは直ぐにかなえられた。

あいりは直《す》ぐに仰向けに寝ると、カエルのように両足を両手で抱えた。

「こ、浩輔さん、あいりのオマ×コをたっぷりご覧になってください」

顔を背《そむ》けたまま、震えた声で言った。

中年男は、久しぶりの女の秘所を覗き込んでいく。

経験豊富な熟女にしては、楚々とした秘部である。また陰毛もあまり濃くない。しかし、期待と羞恥《しゅうち》が、その中心を溢《あふ》れさせ始めている。

「あいり、もう、しっかり濡らしているな……」

指で愛液を掬《すく》いあげる。

「ひゃあぁぅ、ダメですぅ。さ、触らないでください……」

「おいおい、触らなきゃ、エッチなんかできないだろう。もう止《や》めて帰るか？」

「す、済みません……、さ、触ってください……」

「触るだけかい？　舐めるのはどうだ？」

「ああっ、もちろん、あいりのオマ×コを舐めてください」

「それからどうするんだ。あいりがして欲しいことを、最初からもう一度言ってみてくれ」

「お、オマ×コを触って、舐めて……、あああっ、お、おち×ちんを入れてエッチしてください……。ああっ、恥ずかしい」

声の震えは止まらないが、開いた股間を閉じようとはしなかった。興奮のためか、股間の中心の愛液が更に盛り上がっている。

「あいり、どんどん濡れていくな」

浩輔は、女の中心を人差し指で割り開くようにして上下に動かしていく。中の蜜肉が、じんわりと男の指にまとわりつく。

「ああっ、浩輔さんに見られて、触られている……」

あいりの蜜穴を攻めているのは、指だけではなかった。視線も、久しぶりのエッチに覚醒した女体を昂《たかぶ》らせている。

浩輔も、かつての秘書の秘所に触れた興奮に昂り、指先が震えていた。しかし、その震えが女の粘膜に適度な刺激を与えているのだろう。あいりの太股がヒクヒクと震えているのが見えた。

「ああん、やっぱり恥ずかしいですぅ……」

その言葉にかかわらず、あいりは次第に自ら腰を揺らして、浩輔の手指を追い求める。

両足を押さえていた手が解《ほど》け、足が布団に着いたかと思うと、シーツから腰を浮かせて、元ボスの指を求めて浅ましく揺れる。

「ああっ、こんなエッチな格好するつもりなかったのにぃ……、はしたないのぉ……」

「お客の前でこんなはしたなく濡らせるなんて、なんて淫乱な家政婦だ」

「ああっ、淫乱で申し訳、ご、ございません……」

言葉に酔っているのか、浩輔の手指の動きが見事なのか、M字開脚で露《あら》わにした肉貝の合わせ目からは、とろりと新たな蜜が溢れ出し、シーツに染みを作る。

それに興奮した浩輔は、更に指の動きを加速させた。

サーモンピンクに色づく粘膜から零れる液が、透明から白く濁ってきた。

浩輔はM字に開いた両脚に手を掛けて引き寄せる。顔を間に潜り込ませ、舌先をピンクのとば口に差し入れる。

「ああん」

あいりは慎ましやかに声を上げるが、動きはもっと敏感だ。太股を震わせて、男に快感を伝える。

「美味しいよ」

「ああっ、あああん」

浩輔は周囲に漏れた液から舐め取っていく。舌先を大きく動かしながら陰唇の縁《ふち》をなぞり、しっかり存在を主張し始めたクリトリスを軽く先端で突く。

「ああっ、そこっ、いいのぉ……」

浩輔はクリトリス攻めを続けず、肉ビラの内側に舌を差し入れ、中のお湯を確認する。やけどしそうに熱かった。

「ジュルジュルジュル……」

甘い体液を、音を立てて啜り上げる。

「ああっ、ダメぇ……、そんなぁ……」

美熟女は背中をそらして、快感に酔いしれる。

(クリも好きだよな……、きっと……)

浩輔は心の中で確認すると、間髪《かんはつ》を容《い》れず、赤黒く膨れ上がった快感の中心を唇で挟んで弄り始める。

「ああっ、そこっ、ダメッ、あああああああっ、あああっ」

あいりは思った以上の大声でよがり声をあげ、腰を浮かせ、よじらせる。しかし、しっかり咥えられた陰唇が男の唇から外れることはない。小陰唇が引っ張られて、更なる快感が女の中心に湧き上がる。

浩輔は妻一筋というほど真面目ではなかったが、こんなに乱れる女を抱いた経験はなかった。それだけに、あいりの反応に感動し、更に攻勢を強める。

クリトリスの外側を右指で撫でながら、舌先を蜜壺に挿入し、ねっとりとかき混ぜる。湯温が上がり、新たな蜜液がジュワッと湧き上がってくる。これを舌先で掬いあげ、自分で啜り上げるとともに、小陰唇に擦りつけていく。

「ああっ、あっ、……あううううぅぅぅぅ」

さらに甲高《かんだか》い声を上げて腰をくねらせ、物欲しげに股間を浩輔の顔に押し付けてくる。

「よおし、もっと気持ちよくしてやるから、四つん這いになって、尻を突き上げるんだ」

「ああっ、何をなさるの？」

そう言いながらも、あいりはいそいそとその格好を取る。

後ろに回った浩輔は、両手で尻朶をぐっと割って開くと、肛門から女陰にかけて一気に見渡せる。

「あああっ、後ろから舐められるなんて……」

アナルに舌を伸ばし、その周囲を唾液《だえき》で濡らすと、舌を奥に伸ばして蟻《あり》の門《と》渡《わた》りを経て女陰に至る。

肛門ではほとんど匂いを感じ取ることができなかったが、既に蜜で滴りそうなところまで達すると、鼻には何とも言えない芳香が立ち上ってきた。

(これって、男を興奮させる匂いだ……)

スウェットを着けたままの下半身は、いきり立った肉棒がブリーフを突き上げていた。

浩輔は脱ぎ捨てたい衝動を抑《おさ》えながら、更に性臭を吸い込み、膣口に丸めた舌を滑り込ませる。もっとイカせる勢いで舌を懸命に出し入れすると、熟女の痙攣《けいれん》もますます大きくなっていく。

「ああっ、いいっ、いいの……、そこっ、いいっ」

発情臭と声に導かれながら、浩輔の舌先が更に活発に出入りする。それとともに、下から廻した指で陰核の根元を揉みつぶすように刺激してやると、あいりは一気に昇りつめる。

「イクっ、イクっ、いくぅぅぅぅ……、ああっ、ダメぇ……」

あいりは両手にシーツを鷲掴みにし、上半身をのけ反らせて咆哮し、そのまま布団の上に突っ伏した。

荒い息をしながら、まだ痙攣が続いている。

「大丈夫かい？」

心配になった浩輔があいりの顔を覗き込んだ。

「だ、大丈夫です……」

あいりはゆっくりと身体を起こすと、布団の上に横座りする。

「ああっ、あたし、まだセックスしていないのに、こんな風になったの初めてですぅ。

浩輔さんがこんなに女体を扱《あつか》うのが得意だったなんて……」

「そんなこと、ないと思うけど……」

「あたしにも、お礼させてください」

あいりがにじり寄って浩輔のスウェットに手を掛ける。

「立つ？　寝る？　どっちがお好みだい」

「立ってください。仁王立ちの浩輔さんにご奉仕したいです」

「よおし」

ブリーフ姿の浩輔が美熟女の前に仁王立ちになると、あいりが正座する。

「白ブリーフなんですね」

「中年男の必須アイテムだよ」

ブリーフの前は中身が零れそうに膨れ上がり、先走りの粘液で既に染みが付いている。その染みの部分にチュッと軽くキスをすると、あいりはブリーフを下げにかかる。引っ掛かりを丁寧に外して下げると、中から硬化した赤黒い逸物が顔を出した。

「あっ、凄いっ！　大きいっ」

あいりは嬉しそうな声を上げると、屹立した逸物に早速手を伸ばしてくる。

「カッチカチです」

あいりは肉棒を持ち上げるようにして、ゆっくり指を廻す。

「浩輔さんのここが、こんなに立派だったなんて全然知らなかった」

あいりはゆっくり扱《しご》き始める。

「そりゃあ見せたことないからな……。なかなか気持ちいいよ。男の気持ちいいポイントが分かっているな」

「そんなことないです。きっと、浩輔さんのことが好きだから、気持ちいいポイントが分かるんです」

「そんなお世辞言わなくていいよ」

「お世辞なんかじゃありません。それより、ああん、こんな凄いものを触っていると、お口でお味を見てしまいたくなりますぅ……」

「望むところだね」

「では、許可もいただいたことだし、遠慮なくいただきます」

あいりは陰嚢《いんのう》を持ち上げるようにして、肉竿を直立させる。その付け根に舌を伸ばすと、そのままゆっくりと先端に向けて舌を進めた。

「おおっ」

あいりの舌の動きはまさに経験豊富な人妻だった。よほど鍛えたのだろう。側面をハーモニカを吹くように何度も上下に動かしてたっぷり唾液を塗《まぶ》した後、ようやく亀頭にたどり着き、すっぽりと咥えていく。

舌で亀頭冠の周囲を舐めまわすようにしたあと、裏筋の中心部で舌先をチロチロと動かし、唾液を塗していく。

その間、左手は浩輔の太股に置いて身体を支えるようにし、右手は、ぶら下がっている皺袋を持ち上げるようにしてその重さを確認している。

人妻の口の動きが巧みだ。最初は亀頭を舐《ねぶ》るだけだったが、肉棒をシャフトにしたピストン運動に移ると、右手も巧みに擦っていく。

ジーンとした甘い快感が尾骶骨《びていこつ》に響く。

ボブカットにした頭髪も顔の動きに合わせて踊る。目が潤んで焦点《しょうてん》があっておらず、あいり自身がこの愛撫に没頭していることがよく分かる。

「ああっ、舌の動きが最高だよぉ」

「浩輔さんだと、たっぷり舐めたくなるのは何故かしら……？」

お互い独り言をつぶやくように言いながら、フェラチオを楽しんでいる。

あいりのフェラチオは、バリエーションが豊富だ。

まずディープスロートが得意で、浩輔の長竿を喉の奥まで送り込み、ロングストロークで全体を舐めるように愛撫したかと思うと、次は横咥えして、ハーモニカを吹くように歯と舌で扱く。引き続いて亀頭を口の中に送り込むと、そのまま顔を横に振るように小刻みに動かしながら、亀頭とカリを刺激していく。

射精感が急に目覚めてくる。こんな急な立ち上がりは精力抜群だった二十代以来のような気がする。

先走り液が零れていく。それを美味そうにちゅぱちゅぱ吸い上げるあいり。

「ああっ、そ、そんなにされたらイキそうだよ」

「いいんですよ。イッてくださっても」

熟女が妖艶に微笑む。

もちろん何度も肌を合わせていれば、それも一興だろう。しかし、浩輔にとっては初めての相手だ。果てるのは本来果てるべきところで果てたかった。

「でもそろそろ、あいりの中に入りたいんだ」

「ウフフフ、そうですわね」

ようやく、あいりの口が解放してくれた。

「フェラ、疲れただろう」

浩輔は、あいりの身体を横たえながら訊く。

「そんなことありませんわ。凄く立派だから、舐めれば舐めるほどにもっと舐めていたいと思っちゃって……。ああっ、あたしってやっぱりスケベなんですね」

「ほんとうにそうだね。秘書やっていた頃、あいりがこんなに変態だったなんて知らなかったもの……。でもそういうあいりが好きだよ」

会話をしながら、浩輔は自分の身体をあいりの開いた太股の間に滑り込ませていく。

「自分で、オマ×コを指で開いて、来てくださいって言うんだ」

「ああっ、浩輔さんのエッチ」

しかし、スケベを自認している熟美女は言われるがままに濡れた秘裂に指を這わせげ、かすれた声で誘う。

「浩輔さん、来てっ」

浩輔は、その濡れたサーモンピンクの粘膜に亀頭を宛がい、そのままゆっくり腰を沈めていく。

（おおっ、思った以上に熱いな……。あいりのオマ×コ、ぐじゅぐじゅに蕩けているよ……）

お互いの前戯の効果は抜群だった。慣れないと入れるのになかなか苦労する浩輔の太竿が、いとも容易に入っていく。

柔らかい肉穴にしっぽりと包まれ、粘膜とごつごつした肉幹の間をトロトロの粘液が満たしていく。

ただそれだけなのに、思った以上に気持ち良かった。

一番奥まで到達し、感触を楽しむ。

（セックスって、こんなに気持ち良いものだったっけ……）

膣道の幾重《いくえ》にも重なった襞や突起が、容赦なく肉槍を締め付け、擦り、撫でている。

久しぶりの媾合に驚きと感動が一気に押し寄せる。

その感動はあいりも同じだった。

「ううぅ、イイのぉ……、硬いのがいいんですぅ……、アアッ！」

「おおっ、締め付けられると、や、ヤバいな……」

浩輔はいつでも射精ができそうなぐらい興奮している。

（一回抜いて、インターバルを置かないと、暴発してしまいそうだよ）

あいりをたっぷりイカせてから射精しなければ、年上の面目が立たない。少なくとも一緒にはイキたかった。しかし、このままでは、あいりがイク前に自分だけイッてしまいそうだ。

浩輔はとりあえず抜き去ろうとした。

「ダメっ、抜いちゃダメですっ！　もっと、もっと奥まで……、もっとっ……」

しかし、あいりは許さなかった。ガーターストッキングに包まれた両脚が浩輔の腰に巻き付き、逃げるのを許さない。それどころか、交差した脚を使って浩輔の腰を引き寄せ、より深い結合をねだってくる。

「あっ、あっ、そう、そこが……、いいっ……、深いのが……、気持ちいいのぉ……。あひひぃぃぃぃ……」

スケベを告白した美熟女は肉欲に従順に快楽を貪《むさぼ》った。掃除をしているときの、あのきりっとした面影からは想像もつかないような淫蕩な表情を浮かべたまま自ら腰を振り、浩輔の肉棒を求めてくる。

「あいりっ……」

自分が切羽詰まっていることを伝えようとするが、あいりは自分の快楽に酔い、聞く耳を持たない。

「浩輔さあん、キス、キスしてぇ……。……ん、んんんん……」

腰をグラインドさせながら唇を求める。

(なるようになれ……)

浩輔は中に射精するつもりはないのだが、もうこうなったら仕方がない。あいりにせがまれるままに唇を重ね、同時に舌を伸ばしてお互いを求め合う。

熟女の舌の動きが熱かった。熱烈なバキュームが浩輔の舌を襲う。

(ああっ、助かった……)

あいりは舌の動きが激しくなった分、腰の動きが緩やかになったのだ。

若い頃であれば舌と腰がどうしても連動して、一気にフィニッシュになだれ込んだだろうが、そこは年の功。キスに集中させることで主導権を奪い返していく。

熱烈なキスが続いていた。それを冷静に受けながら、下半身の興奮を鎮めていく。

あいりの媚粘膜《びねんまく》は肉棒をしっかりホールドし、脈動をもって締め付けているが、間の潤滑油《じゅんかつゆ》のお陰で、自ら動かなければクールダウンできる。

何とか切羽詰まった射精感を抑え込むと、上下の結合を味わっていく。

(この感じ、最高だな……)

そう思っているうちに、無意識に自分の腰が動き始めていた。

「ああっ、当たっている……、ああっ、中が気持ちいいのぉ……」

肉槍が感じるスポットを擦ったらしい。あれだけ熱心に吸っていた口を外すと、背をのけ反らせるようにして叫び、そのポイントを自ら擦りつけてくる。

それを受けながらも、浩輔は次第にピストンの動きをロングストロークに変えていく。

「ひっ、ひぃい、ひうぅぅぅ、アアッ、イイっ、イイっ、気持ちいいのぉ！」

浩輔の腰に巻き付けられた両脚に力が籠《こも》り、鋭い突き込みを望んでくる。

背中に廻した指に力が籠り、爪が立てられる。

「ああっ、あいり、イクッ、イクッ、イッちゃうのぉ……」

そんなに激しく動かしている意識はなかったが、別居中の人妻は一気に昇りつめ、絶頂の声を放った。

浩輔はそんな熟女のクールダウンは許さず、悠然と腰を使い続ける。

「ああっ、ダメッ、ダメッ、ああっ、またっ、イクッ、イッちゃう……」

続けざまの絶頂に、半狂乱のようになったあいりが悶える。

「イケッ、もっとイッて、その恥知らずの顔を見せるんだ……」

「ああっ、恥知らずで済みません。でも気持ちよすぎるんですぅ……。ああっ、こんなの初めて、ああっ、また来るぅ、ああっ、あいり、またイクッ、イクぅぅぅぅ」

アクメの爆発が熟女の中心で続けざまに起きている。それを起こしたのが五十五になる自分だと思うと、浩輔は嬉しくなる。

腰の動きは激しくはないが着実にロングストロークを刻み、女を限界に追い込んでいく。

「ああっ、もう出してくださいぃ……。あたし、もう、限界ですぅ……、あたしだけでなくて、浩輔さんもイッて……」

ストロークに合わせるように、あいりの締め付けも次第に緊《きつ》くなってきた。男の精液を求める締め付け……。

「ああっ、ヤバい。出そうだよっ」

「ああっ、いいです。このまま中にくださいっ……」

射精のタイミングを察知した女の本能か、膣粘膜が急激に狭まり、浩輔の分身を締めつける。力強いストロークが急に止められる。今まで何とか抑え込んでいた射精感が急に露わになる。

「よおし、覚悟はできているんだな。たっぷり中に出してやる……」

あいりの汗まみれの肉体をぎゅっと抱きしめ、浩輔は射精のトリガーを引いた。

「あいりっ！」

この叫び声とともに、白濁液《はくだくえき》の礫《つぶて》が子宮めがけて打ち出され、中で破裂する。

「ああっ、来てる、来てるっ……、熱い、熱いの……。浩輔さんの精子が熱いの……」

農作業で鍛えた浩輔の浅黒い裸体を両手両脚でしっかり抱きかかえたガーターストッキング姿の美女は、子宮に降り注ぐ灼熱の精子に更なる絶頂を感じている。

それを見ながら、浩輔は自分の腰の動きを止められない。射精が終わる様子が見えないのだ。

若い頃ならいざ知らず、最近はこんなことはなかった。

しかし、相手が昔セックスできなかった元秘書のためなのか、それとも溢れんばかりの色気を見せた美熟女家政婦のためなのかは分からないが、肉棒が柔らかくならない。そうなれば、腰を使い続けるのは男の本能だった。

「ああっ、動かないでェ……、出しながら動かれると……、ああっ、壊れてしまうぅ」

その勢いに、あいりの狂乱が強まる。しかし、雄渾《ゆうこん》なピストンは止められない。

「ああっ、まだなのぉ……、ああっ、気持ち良すぎてぇぇぇぇ……」

あいりは今まで以上の絶頂が自分の身に来ることを予感していた。しかし、それを受ける体勢はもう取れず、ただただあられもない嬌声を響かせ、本気汁を垂れ流し、男の身体にしがみついて翻弄されるがままだった。

「ウウッ、イヤッ、来るっ、来るのぉ……、ひっ、イヤッ……、イヤあ……、こんなの……、こんなの初めてなのぉ……、怖い、怖いのぉ……」

浩輔はあいりが子供のように泣き叫ぶ姿を見ながら、自分の精液で満たした蜜壺を攪拌《かくはん》し、子宮の中に押し込んでいく。

この男の身勝手とも言うべきがむしゃらなピストンに、あいりは完璧に打ち負かされた。

「ひっ、ひっ、ひぃぃぃぃぃぃッ」

浩輔があいりの華奢な身体を上から抱きかかえると、激しい痙攣を起こしている美女を最後のオルガスムスに送り込んだ。

女体を蹂躙《じゅうりん》する悦びと蹂躙される悦びとが重なり、あいりは三十八年間生きていた中で最高の絶頂を感じながら、男の逸物に屈服した。

第三章　中出しに啼くミニスカメイド

「苺畑というより、苺工場って感じですね」

「まあ、そうかもしれないね」

浩輔の苺畑を見学して感心しているのは、嫁の佐緒里。

九月ももう、終わろうとしていた。飯合神社の秋祭りも先週終わり、その寄付集めや手伝いの仕事も片が付いた。

今日は時間ができたので、前々から頼まれていた苺畑の説明のために、佐緒里を呼んだのだ。

二人が今いるのは、浩輔の書斎だ。書斎と呼んではいるが実際は計器室である。今まで温室やボイラー室、太陽光発電装置などを見学して、最後に浩輔の畑のコントロールセンターである書斎にやってきたのだ。

佐緒里は、パソコンの画面を覗き込んでいる。

今日の佐緒里の服装は、トップスが襟ぐりの広いTシャツに薄手のシャツを合わせている。ボトムスはジーンズ。外を回るときは、ストローハットをかぶっていたが、その姿が異様に可愛かった。

今、部屋の中に入ってTシャツ一枚になっている。

佐緒里がパソコンを操作している浩輔に質問する。

「こんな管理って、どこでも、やっているんでしょうか？」

「まあ、やっていないだろうね」

「じゃあ、お義父《とう》様のアイディアですか？」

「そうだね。ほとんどが僕のアイディアで、特許になっているものもあるよ」

浩輔は自慢げに言った。

浩輔が自慢するのも無理はない。鍋倉農園、すなわち浩輔の苺畑はまさに先進技術の塊なのだ。苺畑の総面積は約二万平方メートル。そこに大小二十五の温室が並んでいる。

全ての温室にはセンサーが付いていて、気温、湿度、日照の状況、二酸化炭素濃度等がモニターされており、状況に合わせて自動でダンパーが開け閉めし、散水する。温度調整、水分調整、肥料供給、全て自動で行われる仕組みだ。

エネルギー源は電力とボイラー。電力は太陽光発電を利用し、蓄電池も使って、夜間の照明も使用可能だ。ボイラーの燃料は間伐材《かんばつざい》で、近隣の山から運んでもらっている。エコでランニングコストが小さいのも特徴だ。

その様子は、全て書斎のコンピューターに記録され制御される。

元ＩＴ技術者だった浩輔が、過去の経験を徹底的に生かして、この仕組みを作り上げた。

最初は試行錯誤もあったが、ここ数年は完全に定常化し、形が良くて、美味しい苺がほぼ一年間を通して出荷できる状況になっている。

県の先進農業表彰やふるさと創生事業表彰も受け、最近は見学者も少なくない。

「これだと、人手が要りませんね」

「そうだね。普段の管理はほぼ機械任せだね。とはいえ、苗の定植と摘果《てきか》だけは人の手でやらなければいけないんだ。そこはさすがにまだ自動化できていない」

「じゃあ、出荷の最盛期は誰かに手伝って貰うんですね」

「うん、パートさんを頼んでいる」

佐緒里がここまで熱心に話を聞いているのは、浩史と佐緒里の夫妻が、浩輔の後を継ぐ予定だからだ。

浩史は当面市役所勤めを続けるが、佐緒里は週に二、三回の頻度《ひんど》で浩輔のところに通って、苺栽培のノウハウを学ぶ。浩輔はあと十年ぐらい、引退するつもりはないから、少しずつ技術を伝えられれば良いと思っている。

それに対して、佐緒里は熱心だった。メモを細かく取りながら浩輔の話を聞いている。

「あっ」

ちょっとした拍子に、浩輔の手が佐緒里の持っているボールペンを弾き飛ばした。

「ああっ、済まんな」

浩輔が拾おうとしたら、それより早く、佐緒里がかがんで、ボールペンを持ち上げる。

重い乳房に押されてTシャツが下がり、胸の中が一気に覗き込めてしまった。

(見ちゃいけない……)

ドキッとした浩輔はすぐさま目をそらした。しかし、彼女がベージュ色のブラジャーをしていることははっきりと眼の中に焼き付いてしまった。

それにしても佐緒里は半端《はんぱ》ない巨乳だ。

身長は百五十センチ台前半というところで小柄。色白、丸顔、童顔で笑窪が可愛く、この胸がなければ中学生でも通用しそうだ。

(最低でもG、ひょっとするとHカップかもしれない……。あいりよりも大きいかな……)

嫁の胸のサイズを推定するなんて最低の義父だが、この大きさが目の前にあると想像しないわけにはいかない。

巨乳好きというのは、どうも遺伝らしい。実は亡くなった妻も巨乳だったし、長男の嫁の愛美もそうだ。

とはいえ、二人の息子の好みの女のタイプは全然違うのだろうと思う。

愛美は典型的な美女だ。背がすらっと高く、足も長い。顔も整っているが能面のようで、ちょっと怖い印象もある。笑っているところはほとんど見たことがない。

正直に言えば、浩輔にとっては苦手なタイプだ。もちろんそんなそぶりを愛美に見せたことはない。とりあえず、愛美と長男の浩一との仲は上手くいっているようだから、それはそれで結構だ。

一方佐緒里は典型的な可愛い娘である。スタイルも顔立ちも、客観的には長男の嫁に劣るだろう。

しかし、いつもニコニコしていて、義父の浩輔に対しても全く物怖じすることなく寄ってくる。第一、自分から鍋倉農園を継ぎたいと言ってくれたのだ。それだけでも最高だ。

その上、浩輔のやり方にここまで興味を持ってくれるのだ。浩輔が、話に熱が入るのも無理はない。

(佐緒里はほんとうにいい嫁だよ。浩史はいい子を見つけてくれた……。あとは二人に早く子供が生まれることだな……)

浩輔は幸せだ。息子二人は最高の嫁を娶《めと》ってくれたし、自分には、あいりという最高の恋人ができた。二人の関係も順調だ。

ちなみに、佐代子との関係だが、特に変化はない。秋祭りの準備中は毎日のように会っていたが、もちろんセックスはなかった。佐代子によれば、結婚式の話は全くないそうなので、佐代子と奉納交合する機会はしばらくなさそうだ。

浩史夫妻は、あいりと会ったことはまだない。きっとこんな美人のハウスキーパーだとは思っていないだろうし、また、あいりが、自分と深い関係にあることも、昔自分の秘書だったことも知るはずがない。

(人妻だからまだ無理だけど、離婚したら、再婚してくれるかな)

浩輔はそんな夢想もするが、プロポーズはできていない。今は、浩輔に対して献身的に尽くしてくれているが、あいりは浩輔よりも十七歳も年下だ。この年の差を気にしない訳にはいかない。

また、自分の子供たちも何と言うか、それも心配だ。

それでも、浩輔はあいりと同棲するための準備は進めた。まずハウスキーパーの契約を、城南ハウスサービスを通さない、あいりとの直接契約に切り替えた。これによって、あいりにとっては収入が倍になり、浩輔にとっても、業務終了後あいりが会社に戻る必要がなくなったので、まったりと大人の行為に移行できる。

今は、あいりに家政婦としての給料を払ってはいるものの、実質通い妻状態だ。週二日来て、二人でイチャイチャしながら家事をやって貰っている。そして、週に一回はこの家に泊って帰る。

佐緒里が浩輔の仕事の説明を聞いた翌日は、あいりの訪問日だった。

農家は朝早い分、仕事から上がるのも早い。今日も仕事をお昼までに切り上げて、家であいりを待っている。

午後、あいりがやってきた。リビングに通した浩輔は、早速あいりに尋ねた。

「どうだろう、やって貰える？」

「浩輔さんって、ほんとうに変態だったんですね。送られてきたビデオを見てびっくりしました」

浩輔があいりに送ったのは、全裸家政婦もののAVだった。

「でも、あいりも見て、やってもいいって思ったんでしょ？」

あいりが性的な行為にむしろ積極的であることは、これまでのセックスからよく分かっていた。

「でも、あの通りやるのはね、ちょっと。やっぱり裸で家事するのは危ないですから……」

「そうだね。だから、今日はコスプレで家事をしてよ」

浩輔は用意しておいたシースルーのメイド服を取り出した。

「えっ、コスプレですか？」

嫌そうに言いながら、あいりがそれを広げてみる。

いわゆるフレンチスタイルのメイド服だが、袖と肩、スカートがピンク色のシースルー。それ以外は白いがほぼ透明だ。

「よくこんなエッチなメイド服を見つけましたね……。でも、あたしみたいなおばさんがこんなの着ても、可愛くないですよ」

「そんなことないよ。あいりが着たらよく似合うと思うよ。さあ、着替えた、着替えた」

「なんかすごく強引ですね。でも、浩輔さんがわざわざ用意してくれたんだから仕方がないわね。じゃあ、着替えてきますから……」

メイド服をもって立ち上がった。

「着替えるところも見せてよ。それも楽しみにしていたんだ」

「恥ずかしいから、待っていてくださいよ」

「ダメだよ。ＡＶでは雇い主の命令は絶対だったでしょ。だからリクエストに応えてよ」

「エーッ」

信じられない、といった声を上げる。

「会社だったら、正真正銘のセクハラですよ」

「でも、ここは会社じゃないし、契約書にも、『甲は乙に対し、積極的にセクハラ行為を行うこと』と書いたでしょ」

もちろんそんなことは書かれていない。

「分かりましたよ。ここで着替えるんですね。もう、ほんとうにスケベ爺《じじい》なんだから……」

あいりは不貞腐《ふてくさ》れたように言いながらも、着てきたシャツのボタンを外し始める。すぐに、ブラジャーとショーツ姿になる。

「じゃあ、着ますね」

「えっ、ダメダメ、一回全裸になってから、直接着るんだよ」

「えっ、本気ですか？」

「もちろんだよ。何で全裸家政婦のＡＶを見せたと思っているの……。あの真似する覚悟決めて来たんでしょ」

「それはそうですけど……」

そう言われれば仕方がなかった。諦めた様子で小さく溜息をつくと、あいりはブラジャーを外し、ショーツを脱いだ。

「あいりのヌードをじっくり見たいな」

「おばさんなんですから、そんなにじろじろ見ないでくださいよ」

あいりはそう言いながらも、浩輔の前に立つ。

謙遜《けんそん》するほどあいりの体形に崩れはない。スリムですらっとした体形は若い時から大きく変わっていないのではないか。大きな乳房はやや垂れているが、その垂れ方に、熟した女の色気が感じられる。

「綺麗だよ。今日はこの格好で家事をして貰えるかと思うと、それだけで最高の気分になるよ。もう、メイド服、着てもいいよ」

ワンピースタイプのメイド服をかぶるようにして着る。

ファスナーを閉めると、スリムな身体にぴったりフィットしていた。

フリルのついた超ミニスカートが可愛らしい。

「おおっ、凄いよっ」

メイド服を着たあいりの姿は予想以上にエロかった。

両乳房も下腹部の陰りも全く隠されることなく見えている。見られる興奮なのか乳首が屹立している。それが熟女のエロを更に強調している。

浩輔は興奮の声を上げずにはいられない。

「あいりも自分の姿を鏡に映してみてごらんよ」

浩輔は姿見を持ってきた。

「な、何ですか、これ、エッチすぎます……」

あいりは恥ずかしさに思わずしゃがんでしまう。顔が真っ赤だ。

「でも、凄く似合っている。それに、エッチだからいいんじゃない。この格好で家事をしてくれれば、僕がムラムラしたら、いつでも押し倒せる……」

「もう、浩輔さんのいやらしさは底なしなんですから……。でも仕事の邪魔はしないでくださいよ。危ないですから」

そう言いながら掃除機をかけ始めた。

浩輔はあいりの掃除姿を目で追う。それだけでも十分いやらしく、逸物はすぐに臨戦態勢になる。しかし、浩輔は必死に我慢して手を出さなかった。

あいりは最初は恥ずかしそうにしていたが、浩輔が何も言わないので、だんだん気持ちが掃除に集中してきたようだ。

「窓はしっかり開け放して、空気を入れ替えてよ」

掃除だから当然の指示だが、シースルーのメイド服に身を包んだあいりは、窓の近くでは覗かれてしまうと思うようで、へっぴり腰だ。

「四角い部屋を丸く掃くみたいな真似だけはしないでね」

「はい、分かっています」

浩輔の家は一方が県道に面しているが、残り三方は、浩輔の畑だ。家の敷地は昔からの高い生垣に囲まれ、門は冠木門で、普段は門扉が締まっており、中を覗くことはできない。唯一外から見えるのは、車が通る通用門だが、こちらも奥までは見通せないし、第一、家の前を歩く人など滅多にいない。

だから来客でもない限り、見られることは考える必要がないのだが、どうしても気になるのだろう。

あいりもそのことが分かってきたようで、だんだん動きが普段と変わらなくなる。

また、外は気になっても、浩輔の視線は気にならない様子で、乳房やヒップを無意識に揺すりながら掃除機をかけている。それが浩輔の興奮を誘う。

（よし、それでいいんだ。見られていることを意識していない姿って、思った以上にエロいな……。でも見られていることを意識しながら仕事をさせたらどうなるかな……）

掃除機がほぼ終わった頃、浩輔は何げなくあいりに言った。

「今日は、縁側の雑巾がけも頼むよ」

「縁側のですか？　サッシを閉めてもいいですか？」

「何で？　掃除するときは開けっ放しでするに決まっているじゃない」

「誰か、来ないでしょうか？」

「来るかもね」

郵便配達や来客の可能性はゼロではないが、その人たちはチャイムを鳴らすので、その時は隠れればよい。だから、心配する必要はないのだが、浩輔の軽口に、あいりは震えあがった。

「堪忍してください」

「ダメだよ。ちゃんと僕がお手本を見せてあげるから……」

そう言うと、浩輔はバケツに水を汲み、雑巾を固く絞って見せた。

「こうやるんだ」

浩輔は縁側の端に畳んだ濡れ雑巾を置くと、両手で押しながら雑巾をかけていく。膝を立てて一気に四間の長さの縁側を走り抜けた。

「ほら、簡単だろう。今度はあいりの番だ」

浩輔は自分の使った雑巾を水洗いするとあいりに手渡した。

「ほんとうにやるんですか？」

「うん。やるんだ。僕がお手本まで見せてお願いしているんだから、あいりはやってくれるよね」

「もう、ほんとうに強引なんだから……」

あいりは怒ったように言ったが、雑巾を床に置き、その上に両手を置いた。

この格好になると、シースルーのミニスカートがめくれ上がって、豊満な臀部がほぼむき出しになる。

「ああっ、恥ずかしい」

もともとシースルーで見えていた臀部だが、色が付いている部分と付いていない部分の境目がちょうど女の中心を顕《あら》わにしそうだ。そのむき出しになるか、ならないかのぎりぎりが、エロチックだ。

「そうそう、それでいいんだ。さあ、始めてよ」

「浩輔さんに覗かれている……」

しかし、浩輔には見せつけようと思うのか、あいりは大胆に滑走する。

浩輔は縁側の端に腰を下ろして、美女の雑巾がけを見ている。動き始めると、予想通り、臀部はほぼむき出しになり、やや開き加減の女の中心もよく見える。

また四つん這いになることによって、Ｇカップ巨乳が垂れ下がり、その揺れる姿は普段以上にパワフルだ。

「あいり、オマ×コ丸見えだ。それに、もうオマ×コ濡らしている？」

「ぬ、濡らしてなんかいませんから、ああっ、見ないでください」

「いやだよ。エッチな姿でまじめに仕事をするあいりを見たいんだから……。でも、オマ×コ濡らしているってことは、真面目じゃないのかな……？」

「だって、浩輔さんにこんな風に見られるんですから……」

あいりは股間を隠すようにしてしゃがみ込んでしまった。

「ほら、そんな格好していちゃだめだ。まだ雑巾がけ、終わってないぞ。さあ、もっとオマ×コをむき出しにして、おっぱいを揺らして……」

「あああっ、何でこんな恥ずかしいことをさせるんですか……？」

「その方が興奮するからに決まっているじゃあないか。さあ、お尻を立てて、雑巾がけを再開するんだ」

「ああっ、恥ずかしいですぅ……」

誰かに覗かれる心配がどうしても抜けない様子で、半分泣き声になりながら、あいりは雑巾を掛けていく。

そのびくびくしながらも大胆な姿が、ますます浩輔の興奮を誘う。もう、浩輔の逸物はすっかり屹立し、臨戦態勢に入っている。浩輔は黙ってズボンを脱ぎ捨て、下半身をむき出しにすると、縁側の端で仁王立ちになる。

「キャッ」

床面ばかりを見ていたあいりが前を見たら、突然雇い主が下半身丸出しで立っているのだ。驚くのは無理はない。

「雑巾がけはもういいよ。それよりも、今、あいりがしなきゃいけないことをするんだ」

「お掃除ですよ……」

素っ気なく言った。

「でも、雇い主がここまで興奮しているんだから、メイドとしては掃除の前にすることがあるだろう……。『全裸家政婦』のビデオ見てきたよね」

「はい。見ました」

「こういう場合、何をするかも見たね？」

頷《うなず》くあいりに浩輔が畳みかける。

「何してた？」

「フェ、フェラチオです……」

「それに、あいりは僕のここをフェラするの好きだよな」

浩輔は逸物をあいりの顔に向かって突き出した。

「ああっ、もう、浩輔さんって勝手なんだから……。誰かに見られても知りませんよ」

「見られたら、『あいりはフェラチオがとっても上手なんですよ』って見せつけてやるだけだよ。さあ、始めて……」

「ああん、もう……」

鼻を鳴らしながら美熟女は、浩輔の持ち物に顔を近づけてくる。

大きく口を開けると、舌を伸ばす。亀頭の表面をぺろりと舐め、肉竿を持ち上げるとフルートを吹くように横咥えし、全体に満遍なく唾液を塗布《とふ》していく。

そして、中年男の生殖器を愛《いと》おし気に口の中に送り込む。

「おおっ、いいぞ」

口腔粘膜に優しく包み込まれる感じは、女の中心に入った時とまた違った感触がある。

あいりはゆっくりと顔を前後に動かし始める。

「ん……んん……はむ……くちゅ……ううう……」

舌が動き、表面全体を舐めながらも唇がすぼめられる。ゆっくりとした動きが、心地よく、屹立の硬さが、次第に増していく。

「さあ、こっちだ」

浩輔は後ろ手で座敷の障子を開け放した。中にはもう、布団が敷いてある。

浩輔は後ろ歩きでそろそろと部屋の中に入っていく。あいりは愛撫をやめようとするが、浩輔が頭を押さえてやめさせない。四つん這いになって、口腔愛撫を続けながらついていくしかない。

浩輔が大きく股を広げたまま、布団に腰を下ろす。

「もっと続けて……」

浩輔の要求に更に舌を動かす美熟女。

「チュパ、チュパ、チュパ……、んん、はむ……、んんんんん……」

舌を動かし、音を立てて熱心にしゃぶる姿は愛玩猫のようだ。

美貌が口いっぱいに頬張《ほおば》ったペニスのお陰で歪《ゆが》んでいるが、それがあいりの淫蕩さを際立《きわだ》たせており、ますます、鬱血が進む。

西日が縁側に影を落とす。その夕日にあいりの顔が更に輝く。目をキラキラさせながら、逸物を喉奥まで送り込む。

「おおっ、気持ちいいよ。あいりのフェラは何度されても最高だよ」

肉筒を深々と咥えたまま、あいりは上目遣いで、浩輔の顔を見つめていた。その眼は、あいりがもう次の行為に移りたいことを如実に訴えていた。

「もっと気持ち良くするんだ」

しかし、浩輔は続行を命じた。

あいりは、今までの発射を狙わないフェラから口中発射を狙うフェラに舌の動きを変えてきた。

「じゅぶ、じゅぶっ、じゅっ……」

「おおっ、凄いっ。やばいよ……。そんなに動かれたら……」

口腔粘膜と舌を総動員して浩輔を追い込もうとする。口をきゅっとすぼめて強くバキュームしながら、たっぷり唾液を塗した舌先は、浩輔の尿道口をつつき、ほじり、捏《こ》ね回してくる。

「じゅぶっ、じゅるっ……ちゅううぅぅぅ……、じゅるるるる」

「ひゃあぁぁぁぁぁ」

浩輔は思わず声を漏らした。ここまでされれば、浩輔は十年前であれば我慢できず、間違いなく発射していた。精力の弱くなった今ならまだ我慢できる。しかし、もう限界に近付いていた。

（ここで出したら、夜中までに回復するかな……）

今日の目標は、あいりに二回、射精することだ。

あいりとは何回も肌を合わせているが、放出は毎回一回だけだ。複数回出した経験はまだない。今日、あいりは泊っていくが、今射精して、夜も射精できるか？

浩輔としては何としてもやり遂げたい。だから、あいりには事前にＡＶを見せ、こんなコスプレまで用意して、積極的に自分の興奮も高めている。

しかし、正直言って自信があるわけではない。

（今、お口に出して、夜回復していなかったら、あいりは不満だよな……）

本番で満足させられないのが浩輔として一番避けたいことだ。

今は中で果てるしかない。

「ありがとう、凄くよかったよ。そろそろ……」

あいりの肩をポンポンと叩くと、あいりはゆっくり口を外した。肉棒から涎《よだれ》が糸を引く。ハッ、ハッ、ハッと息を整えている美女に浩輔は言った。

「あいりが上になって、自分から入れなさい」

「ああっ、恥ずかし過ぎますぅ」

「あいりは騎乗位が好きだから、遠慮しなくていいんだよ」

あいりの騎乗位好きは前回、自分から告白していた。

「で、でも……。こんな外からよく見えるところで……」

「見るのは鳥や虫ぐらいだよ。それに、今だって、フェラを外に見せていたじゃないか……」

「それは浩輔さんが無理に仰るから……」

「分かった。あいりは僕が無理に言えばやってくれるんだ。じゃあ、あいり、自分から騎乗位で繋《つな》がるんだ」

「ああっ、ほんとうに強引」

しかし、口ではそう言いながらも、もう我慢できなかったのだろう。今までたっぷり唾液を塗した硬い肉棒を手で押さえ、上からゆっくり繋がってくる。

あいりの中は、もうすっかり熱湯状態だった。浩輔は今日はまだ、一切彼女の性感帯に触れていなかった。それにもかかわらず、これまでのシースルーメイド服でのお掃除と縁側でのフェラチオで、あいりの興奮はマックスになっている。

「おおっ、あいりの中、ドロドロじゃあないか」

「仰らないでください。ああっ、恥ずかしいっ……」

家の前の県道を通過する車の音が多くなってきた。夕方のラッシュアワーが始まるのだろう。

開け放たれた掃き出しの窓から、程よく冷えた秋風が吹きこんでくる。

「車の音がよく聞こえるなあ、生け垣の中で、こんなことしているとは誰も思っていないだろうな。覗かせたいね……」

「そんな、絶対にダメですぅ。そんなことしたら、あいり、死んでしまいます」

そう言いながらも、あいりは一番奥までしっかり入れてくる。

顔は恥ずかしいのか、興奮なのか、真っ赤だ。

「自分から腰を振って、気持ち良くなるんだ……」

「ああっ、恥ずかしいぃ……」

顔を俯かせて目を瞑る。しかし、腰はしっかりとクランクのようにグラインドさせ、上下運動を回転運動に変えている。

このグラインドが気持ちいい。

「おおおおっ……」

思わず、感嘆の声が漏れる。グラインドの方向で、肉棒の強く擦られる部分が変わるのだ。全体的に柔らかく締め付けられているのだが、その中でも強い、弱いが出てくる。その変化が予想もつかないので、思いがけない気持ち良さが飛び込んでくる。

あいりも恥ずかしさの中にも、気持ち良さを隠せない。

「あっ、あっ、あっ、あっ」

慎ましやかなよがり声を上げながら腰を揺らしていく。

愛液が更に分泌され、グラインドの瞬間に外に零れ、浩輔の股間を濡らしている。

ちょっと白髪交じりの陰毛が、あいりの愛液に濡れて光っているのが見える。

「ほら、誰かが覗いているかも……」

浩輔がからかう。

「アッ、アッ……、恥ずかしい、恥ずかしいのぉ……、覗かないでぇ……」

口では恥ずかしいと言っているが、腰の動きを止める気配はない。むしろ肉棒を味わうべく更に動きがねっとりとしてくる。

中年男の上で、シースルーのメイド服を着た美女が腰を振っている姿は、とてつもなく扇情的だ。

腰を揺らすたびに、透明の服の中で、大きな乳房が踊る。その様子も男の性感を高めていく。

「おっぱいの揺れも凄いよ……」

「ああっ、仰らないでください……、あたし、変なんです……。ああぁあっ、腰が止まらない……」

「おおおっ」

直接擦られる膣の気持ち良さと、揺れる乳房を見る視覚の両方から、浩輔の肉茎は更に硬度を増す。そうすると、あいりの気持ち良さもさらに増し、グラインドのいやらしさが、一層迫力を増す。

逸物の硬さとグラインドのいやらしさの相乗効果が、浩輔、あいり両名の性感をどんどん高めていく。

（ほんとうに凄いオマ×コだよ……）

感動する。特に今日は見られているかもしれないと思うからか、普段よりも盛り上がりが激しい気がする。

あいりの腰のグラインドに、肉襞に包まれた逸物が前後左右に激しく揺すられ、気持ちいいことこの上ない。

「ああっ、ヤバいよっ！」

騎乗位では自分がイクことはないと思っていたが、ヤバイかもしれない。もちろん、自分が下から吹き上げるのは全く問題ないが、あいりが十分満足しないうちに終わるのだけは避けたい。

浩輔は手を伸ばし、メイド服のファスナーを一気に引き下げた。

「あっ！」

驚きの声を上げるあいり。

「脱いで！」

ワンピースタイプのメイド服だから、引き上げて脱がせればそれでおしまいだ。

浩輔は自らも腰を動かしながら、あいりのメイド服を剝《は》ぎ取っていく。

「ああっ、もう何も着ていないのに……、ああっ、お庭から丸見えですぅ」

「見られると、興奮するだろう？」

「ああっ、そんなこと、ありません。あいりのいやらしい姿を見ていいのは、浩輔さんだけです」

「でも、他の男が見ていたら、きっと興奮するぞ」

「ああん、そんなこと、ありません」

否定するあいりの腰を下から突きあげる。あいり自身の腰のグラインドと相俟って、二人の結合部により強い快感の電流が流れる。

「ああっ、ダメェっ……」

全裸になったことで、乳房の動きがより激しくなる。上下に動き回るGカップを浩輔は両手でがっちり押さえつけ、力強く揉みしだく。

「ああっ、おっぱいをそんなにされたら……、あああんっ」

「あいりは、おっぱい弄られるのが好きだもんな……」

「ああっ、好きですけど……、乱暴にはしないで……」

「嘘吐け。乱暴にされるのが、本当は好きなくせに……」

乳首が屹立し、カチカチになっている。これを弾くように愛撫すると、艶めかしいよがり声が零れる。

「あっ、あっ、あっ、あふん……、ああん……」

浩輔は腰の突き上げも加速する。腰の突き上げと乳房の揉み込みは敢えてシンクロさせない。それによって、二種類の快感があいりの中に伝わることを期待しているのだ。

「ああっ、そ、そんな、だめですぅ……、ああっ、あいり、イッちゃうぅぅぅぅ」

絶頂の声を上げる。

「ダメだよ、あいり。そんな声を出したら、外に丸聞こえだ」

浩輔は冷静にたしなめながらも、腰の突き上げをやめない。

「ああっ、聞こえたらどうしよぉ……。ああっ、恥ずかしい……」

実際は生垣には消音効果があり、また、県道を歩く人はほとんどいないので、誰にも気づかれることはない。仮に県道を歩いている人がいても、車の騒音で、あいりのよがり声まで聞き分けられる人がいるとも思えない。

「黙って声を出さなければいいんだよ……」

「ああっ、でも、こ、こんなに気持ちいいと、こ、声が出ちゃうんですぅ……」

大声は出せないと思うのか、小声で浩輔に訴える。

「じゃあ、こうすれば声が出ないよ」

浩輔は上半身を起き上がらせる。騎乗位から対面座位に変更し、華奢な美熟女の身体を抱きしめながら、美唇を求めにいく。

「ああっ、浩輔さん……」

お互いの舌が触れ合うと、お互いが求め合うように吸着する。舌同士を絡ませながら、お互い腰を使う。

あいりはキスも好きだった。

毎回、セックスするときは、長時間かけてお互いの口腔内を弄りあう。そこから全ての行為が始まる。

「浩輔さんとキスすると、身体の芯まで震えるような気がして、それだけで、エッチな気分が昂ってくるんです」

以前、そう教えてくれた。だから、いつもは最初のディープキスを欠かすことがないのだが、今日は同じディープキスでも、ペニスへのディープキスからスタートした。

だから、セックスで十分燃え上がってからのキスに、あいりの鼻息が一層荒くなる。

一方で、腰のグラインドはおとなしくなるが、それでも、まとわりつく肉襞はピクッ、ピクッ、と律動して締め付けを行い、亀頭に肉襞を押し付ける。キスの快感を肉襞に伝えて、それが更に肉棒に伝わっているようにも思える。

浩輔の口の中をあいりの舌が駆け回る。それに合わせるように腰の動きがまた復活する。

気持ちいいことは気持ちよく、このままずっと続けていきたい、とも思うが、この動きでは、浩輔は射精できない。

浩輔はあいりの身体を摑まえて、腰を本格的に使い始める。あいりの身体を持ち上げ、子宮を突き上げるように落としていく。激しさはないが、野太く、長大な逸物で膣道をロングストロークで擦られると、あいりの膣道は随喜の涙を流し、喘ぎ声が熱くなる。

「ああっ、動いているぅ……。浩輔さんのおち×ちんがぁ……、あいりの中でぇ……、ああん、あん、気持ち良すぎるぅ……」

こうなるとキスから快感が流れているのか、性交の快感が全身に伝わっているのかが分からなくなる。とにかく、あいりの全身が赤くなり、少しずつ震えが見えてきている。

自分が気持ちよくなるより、あいりが気持ちよくなってくれたほうが嬉しい。

浩輔は、あいりがより快感を得られるようにと、腰の動きを調節する。あいりは気持ち良さにキスができなくなる。

「あっ、あっ、あっ、あっ……、浩輔さん、いいっ、いいのぉ……。ああっ、何で浩輔さんってこんなにいいの……」

「一緒だよっ。何で、あいりってこんなにいいんだ……」

腰の動きがさらに加速される。

「ああっ、腰が……、腰がジンジンするのぉ……、ああっ、浩輔さんなのぉ……」

あいりが叫ぶ。

ペニスの抜き差しに合わせるように、膣道の肉襞が、大きく蠕動《ぜんどう》運動を起こして、肉棒を刺激する。浩輔の気持ち良さもそろそろマックスだ。

「ああっ、浩輔さん、あいり、イキそうですぅ」

「あいり、僕も一緒だよ」

「じゃあ、そろそろ、中に出してください……」

「よおし……」

あいりは浩輔と付き合うようになってからピルを常用するようになった。おかげで浩輔はいつも中出しだ。

浩輔とあいりは身体を入れ替えた。最後はやっぱり正常位で、男のパワーを感じさせながら注ぎ込みたい。それをあいりも望んでいた。

股をしどけないほどまで広げさせ、腰をしっかり抱えた浩輔が、逸物を再度挿入する。本気の抽送《ちゅうそう》を開始する。荒々しい動きとよがり声が交錯する。

「ああっ、浩輔さんのその乱暴なのが気持ちいいっ、子宮に浩輔さんのおち×ちんが響くぅ……。ああっ、なんていいのぉ……」

あいりは必死に快感を伝えてくれたが、そんなことをしている余裕はすぐになくなった。

「あっ、あっ、あっ、イク、イクッ、イク、イッちゃううぅぅぅぅぅ」

あいりは明け放した掃き出し窓のことなどすっかり忘れたように絶叫する。

ピストンのたびに愛液が霧状に吹き上がる。シーツは既にびしょ濡れだ。濃厚な交接臭が更に興奮に拍車をかける。

「ああっ、俺も限界だ」

自分の元秘書の中で逸物が更に膨れ上がる。精巣から精液が送り出され、射精管を一気に送り出される。根元まで挿入された状態で、遂に噴射される。

「ああっ、熱いぃぃぃぃぃぃ」

次の瞬間、人妻の子宮に白礫が当たり、あいりは身体を弓なりに反らせて受け止める。

あいりの身体は痙攣しながらも、本能的に更に激しい快感を求めて肉根を締め付けてくる。その締め付けで更に精液が搾り出される。

「あああっ、イクぅぅぅぅぅぅぅ……」

あいりは雄叫《おたけ》びのような今わの際《きわ》の声を上げ、身体を更に痙攣させた。

浩輔は、そのすさまじいアクメを見せたあいりに強い愛情を覚えながら、彼女の身体を抱きしめた。


浩輔は、気怠《けだる》くも、気持ちの良い余韻を味わっている。あいりとこういう関係になって一か月になるが、身体を合わせるたびに彼女の新たな良さを発見している気がする。だからこそ、今日はもう一回、彼女をたっぷり愛したかった。

（失敗だったかな……）

エッチな衣装を着せて、覗かれるかもしれないという状況の中でするセックスは非常に興奮したが、その分、最後に出した精液の量は半端ではなかった。浩輔の精嚢に溜まっていた精液は全て搾り出されたに違いない。

今は普通にセックスをし、興奮するシチュエーションを夜に取っておけば、十分な砲弾のある中であいりを抱くことができただろう。そう考えると失敗したなと思う。

（若い頃なら、一日七回は大丈夫だったんだけどな……）

残念ながら、一日に七回女性の中に出した経験はない。手淫を覚えた頃、悪友とそんな話になって、一日にどれだけ出せるものか試したことがある。その回数だ。

若いころ、浩輔は性欲が強く、一日一回は出さなければ気持ち悪かったし、二度や三度であれば全然問題がなかった。三十代半ばぐらいまでは確か、そうだったと思う。結婚した当初は、由恵に一晩に三回出したことは珍しくない。

しかし、いつの間にか、夜、毎晩セックスしなくても寝られるようになった。多分会社でゴタゴタが続き、心労でクタクタになったのがきっかけだ。

由恵が亡くなるまで、セックスレス夫婦にはならなかったが、いつの間にか、一晩に二回出すなんていうことは思い出すことすらなくなっていた。

あいりとの関係が、自分の性欲をよみがえらせたに違いない。

しかし、気持ちの昂ぶりがあっても、現実にできるかどうかは別の話だ。何と言っても、浩輔はもう五十五なのだ。

その後も、あいりは協力的だった。夕方のセックスの後もシースルーのメイド服姿で、乳房も股間の陰りも見える形で家事をしてくれた。

夕飯はスタミナ食。レバニラと、にらとニンニクがたっぷり入った餃子が振舞われた。

「こんなに食べたら臭くて、キスできないだろうね」

「大丈夫ですよ。あたしも浩輔さんと同じ量だけ食べますから……」

そう言ってくれるのが、あいりの優しさだ。基本、一人で畑仕事をする浩輔とは違って、あいりは、明日は別の家でのハウスサービスの仕事が待っている。そこで身体からニンニクの臭いを振りまいたら、お客さんからの印象が悪くなるだろう。

それでも、こう言ってくれるあいりがますます気に入った。

(最後までいけなくても、あいりには気持ちよく感じさせてやろう)

浩輔は決意する。

あいりの献身的な協力とエッチな姿のお陰で、浩輔の逸物も完全に萎《な》えることはない。

(大丈夫かもしれない……)

心配半分、自信半分だ。

夕方の交接の後、二人ともシャワーを浴び、入浴も済ませていた。もういつでも始められる。

浩輔の心配は中折れだ。途中まで進むのに、最後イケなかったらあまりにも悲しい。

(大丈夫だよ。あんな綺麗で、いい女相手なんだから……)

浩輔は立ち上がった。

不安な気持ちを押し付けるように、両手で自分の顔をパチパチ叩き、自分を鼓舞する。

それで気持ちが昂った。

(よしっ、行ってみるか!)

浩輔は、パジャマのズボンを脱いで、下半身をむき出しにする。逸物はまだ半勃ちだが、『絶対に大丈夫だ』と、自分を鼓舞する。

シースルーメイド服姿のあいりは、台所で後片付けをしていた。浩輔には気づかず、洗った皿を拭いては食器棚に片付けている。

贅肉のないプロポーションと、きゅっと引き締まったお尻は、何度見ても飽きることがない。

(あの身体だったら、何度でも抱ける)

そう心の中で唱えて、自分を奮《ふる》い立たせる。

浩輔はそっと中に入り、あいりのウェストを摑まえた。

「キャッ」

小さい悲鳴を上げるあいり。

「もう、驚かさないでくださいよ。もうすぐ終わりますから、待っていてくださいね」

「皿を拭くなんて、明日だってできるだろう。さあ、こっちに来なさい」

そう言いながら、浩輔はあいりの股間に手を伸ばす。

「ああっ、まだ、お仕事、終わっていないのに……」

陰唇の外は乾いていたが、割れ目を上からこするだけで、すぐに温かい液を染み出させてくる。

浩輔が三十代だったら、スカートをめくり上げて問答無用で立ちバックに突入していたはずだ。しかし、今はこの温かな粘液に指先を濡らしても、屹立の準備が整わない。

浩輔はあいりの身体を押さえたまま、慎重に指先を中にめり込ませていく。

「ああっ、いけません」

しかし、指が中に入ると、じわっと粘液が貼りつくとともに、指先を肉襞が締め付けてくる。

「不思議だよな。オマ×コって。あれだけ太いおち×ちんと同じように、指でも締め付けてくるんだから……」

「ああっ、だって……、ああん、あん……」

指で慎重に肉壺をかき混ぜてやると、だんだん性臭が立ち上り始め、あいりも慎ましやかな声を上げ始める。

自分がこの女を支配しているのだ、と思うと、海綿体への血流が増えてくる。かなりしっかりと屹立してくるのが嬉しい。

メイド服の脇から中に手を伸ばす。巨乳を両手で摑まえてあいりの身体を自分に引き寄せると、かなり硬くなった逸物をあいりの美臀に擦りつける。

「あああっ……」

あいりが尻の感触に気が付き、声を上げた。

豊満な乳房を揉みながら、浩輔は耳元で囁く。

「まだ家事を続けるかい？　……依頼主はもういい、って言っているんだよ」

「ああっ、意地悪ぅ……」

甘えた声が、更に中年男の股間を熱くする。

あいりが浩輔のむき出しの股間に手を伸ばしてきた。

「あたしも、こっちの方がいいですぅ……」

「あいりは、ほんとうにデカチン好きだものな……」

「ううんぅ、違いますぅ。あいりが好きなのは、浩輔さんのおち×ちんです」

「でも、僕はすぐふにゃふにゃふにゃふにゃになるよ……」

「だから、ふにゃふにゃになる前に、あいりを可愛がってください」

二人はもつれるようにして座敷まで行き、布団に倒れ込んだ。

使う布団は夕方と一緒だが、もちろん戸締りは済ませているし、シーツは交換してある。

全裸になったあいりが布団に仰向けになった。

浩輔は何も言わないが、あいりは熟れ切った両脚を少しずつ開いていく。その振舞いは、男心をそそるのに十分色っぽかった。

浩輔がその間に跪《ひざまず》き、そのまま顔を股間に近づけていく。

浩輔の農作業で鍛えた大きな手が尻肉に触れる。女体がピクリと反応した。

「あいりの熱い泉が最高だよ」

浩輔は性臭を胸いっぱいに吸い込み、舌を赤い肉片に伸ばす。

「ああっ、あん」

自然に零れるあいりの声で、浩輔の逸物に元気が注入される。

浩輔は、愛液を啜り上げるように舌を動かし、陰唇を柔らかく刺激する。

「ああっ、浩輔さん。いいのぉ……、あああっ、ああっ……」

一日二回ということで、あいりの気持ちも昂っているのだろうか？　さっき台所で触った時から愛液の湧出は止まることを知らない。

浩輔の逸物もすっかりいきり立っている。

（今ならいける！）

正直なところ、今どうしてもあいりの中に入らなければいけない衝動はない。しかし、今入ることが中年男の自信に繋がるのだ。

「じゃあ、そろそろ、繋がるね」

「浩輔さん、いらしてください」

切っ先が入り口を捉える。

その瞬間、陰唇の内側が剛直の昂ぶりに随喜の涙を流す。勃起《ぼっき》の侵入に膣道は悦びに震える。

「ああっ、来ている……、嬉しいですぅ……」

浩輔の両手が腰骨をがっちりつかみ、肉棒を奥までしっかり入れている。

「ああっ、奥まで、入っていますぅ」

あいりが嬉しそうに声を上げる。

「あいりの中にこうやって包まれているのって、凄く気持ちがいいよ」

「あたしも、浩輔さんが中に入ってくれているのって、気持ちが良くて、大好きです」

浩輔は暫し最奥で留まったまま、あいりの肉壺全体を感じる。何度も入っているが、繰り返し入っても飽きることがない。

女の一番奥でじっと留まっているのは、実は浩輔が好きな行為だ。しかし、長く留まりすぎて興奮が鎮まってしまうのは避けなければならない。

「そろそろ、動くね」

「はい、お願いします」

浩輔が腰を使い始める。落ち着いた腰の動きだが、その分、亀頭の張り出したエラが、膣壁を削り、愛液をかき回す様子が実感できる。

「あっ、ああっ、……じわっと擦れているぅ……、ああん、こ、浩輔さんのおち×ちん、と、とても気持ちいいですぅ……」

速くない分、女の快感もゆっくり立ち上がる様子だ。動きをじっくり味わいながら、快感の様子を伝えてくれる。

ゆったりとした抜き差しがじわじわと効いている。

分泌される愛液が増えてきて摩擦が減り、ぐちゅ、ぐちっ、という摩擦音がいつの間にか、くちゅ、くちゅっと変わっている。

中の熱さが気持ちいい。自分の逸物が萎える様子は全くない。

中折れは気にしなくても大丈夫な気がしてくる。

「あいり、そろそろ本気出すぞ……」

「ああっ、お願いしますぅ」

浩輔はあいりの豊かな両乳房に手を置いた。それを揉みながら、腰の抜き差しのスピードをだんだん上げていく。

「ああっ、おっぱいも気持ちいいっ……」

「ああっ、あいり、き、気持ちいいよっ……」

切っ先が容赦なく子宮口を抉《えぐ》り始める。

「ああっ、あっ、あっ、あっ、あっ、いいっ、いいのぉ、ああっ、こ、浩輔さあん……」

あいりのよがり声が、海綿体への血流を更に増強する。

五十五とは思えないほどの鋭い動きで、あいりの中を抉《えぐ》った。

「ああっ、イッちゃうぅ……、あああん……」

浩輔の身体があいりの上から被《かぶ》さっていく。今まで乳房にあった手が顔を押さえ、キスを求めていく。

「大好きだよ。あいり」

耳元で囁くと、その口が唇を求める。キスをしながら腰を使う。中の肉棒がますます太くなる。

（あっ、そろそろ出そうだ……）

キスをしながら腰の動きを変えて、あいりに最後が近づいていることを伝えた。

浩輔は身体を起こし、クライマックスの体勢を取る。

さらに抜き差しのピッチを上げた。たわわな乳房が激しく揺れ、ウェストが一段と引き締まり、豊かなヒップが緊張する。膣口や蜜襞も収縮を繰り返し、全ての準備を整えて、浩輔の今日の二度目を待っていた。

「あいり、お願い、一緒にイッてよ」

しかし、あいりの返事はなかった。緊張の限界で、彼女が先に崩壊した。

「ああっ、イクぅ、イクッ、イク、いっちゃうぅぅぅぅ」

絶叫が夜の座敷に響き渡る。

「おおっ、俺もイクぅ、あいり、受け止めてくれぇ……っ」

浩輔の今日二度目は、無事に発射され、あいりの子宮を白く染めた。その量は一度目よりは少なかったかもしれないが、二度目が無事できたことで、浩輔の満足は一度目以上だった。

あいりも満足の表情だった。

二人はお互い顔を見せ合い、微笑んだ。

第四章　次男嫁のイキ声

秋も深まった十月のある日、次男の浩史夫妻が「ちょっと頼みたい話がある」と言ってやってきた。

浩史が、災害支援協定に基づき、九州の被災地《ひさいち》支援のため、年末までの予定で、長期出張をすることになったというのだ。

浩輔も、今年も台風で九州の一部が深刻な被害を受けたことは知っていた。

「でもQ市の職員のお前が、何で今頃、行くことになったんだ」

もう台風が襲ってからひと月以上も経っている。

「復興支援という奴だよ。協定があって、うちと協定を結んでいるX市が被害を受けたから、うちの課から応援に行かなきゃいけないんだ。若い方から三人ということで、文句なしだよ」

「佐緒里さんは置いていくのか？」

「それで、頼みなんだよ。俺としても佐緒里を連れて行きたいところなんだけれど、さすがに被災地への出張だからね。ちょっと無理なんで、佐緒里だけ、この家に置いてほしいんだ」

「官舎で留守番して貰えばいいじゃないか」

「いえ、それはあたしから浩史さんにお願いしたんです」

「佐緒里さんの希望なのかい？」

「はい、あたし、鍋倉家の嫁なのに、嫁らしいこと全然していませんし、今、苺の世話の仕方をお義父様に教わっていますけど、やっぱりちゃんと学ぶためには、朝から、お義父様の後をついて歩いたほうが良いと思うんですよ」

浩輔の仕事は、夜明けから始まり、午前中にほとんどの作業が終わる。今まで佐緒里は、浩史を仕事に送り出してから来ていたから、到着するのは、早くても八時半だった。一番大切な早朝の作業は現実に携《たずさ》わっていない。

「朝の作業を見た方が良いのは、その通りだな」

「だから、浩史さんのいない間だけでもここに住まわせて貰って、お義父様に仕事を教えていただきたいんです」

「もちろん、私は構わないが……」

実際は大いに困った。佐緒里と一緒に住めば、あいりと今までのような関係を続けるのは難しくなる。

「それに、佐緒里がいれば、ハウスキーパー、その間だけでも断れるだろう。結構かかるんだろう、あれ」

浩史がしっかり追い討ちをかけてきた。

「別に、費用は経費で落ちるから、何でもないよ」

そう言って抵抗するが、佐緒里が正論でねじ伏せる。

「少額でも無駄遣いはやめましょうよ。お義父様、あたし、家事も頑張ります。お義父様のために美味しいものも作りますので、是非お願いします」

夫婦そろって頭を下げた。

将来の跡継ぎ夫婦に頭を下げられたら断れない。

「分かった。佐緒里さん、こちらこそよろしくお願いするよ」

浩輔はあいりにどうやって断りを入れようかと、心中では泣きながら、佐緒里を住まわせることにした。

しかし、佐緒里が弟子として優秀であることは、週に二回、苺づくりを習いに来ているからよく分かっていた。熱心でまめなのだ。浩輔は優秀な農家だったから、農協や県からの依頼で、苺づくりの講習などもやっているのだが、佐緒里ほど熱心で、浩輔の考えを理解してくれる人はこれまでいなかった。

佐緒里は、浩輔が説明すると、その先を自分で考え、更に次の解決策まで考えてくれるのだ。その解決策が、大抵、浩輔が考えて実施《じっし》してきた解決策と一致している。

普通、トラブル対応の問題を出しても誰も答えられない。しかし、佐緒里は違った。必ず自分で考えて、正解か、それに近い提案をしてくる。

その嫁が朝から自分の後をついて歩いてくれれば、一人前になるのもすぐだろう。優秀な弟子が成長していくところを見られるのは、師匠としても嬉しい。

佐緒里は、浩史が九州に旅立った翌日、早速、軽自動車を運転してやってきた。着替えをスーツケースに詰めただけの身軽なスタイルだ。

「お義父様、ふつつかな嫁ではございますが、今日からよろしくお願いいたします」

三つ指を突いてあいさつすると、早速エプロンを身に着けて台所に立とうとする。

「お茶は私が淹《い》れるから、もう少しゆっくりしなさい」

「そんなこと、お義父様にさせるわけにはいきません。それに、あたしは師匠の内弟子でもあるんです。内弟子が師匠の身の回りの世話をするのは当然です。だから、あたしにやらせてください。お願いします」

こう言われれば、浩輔は立ち上がるわけにはいかない。すぐに、佐緒里はコマネズミのように働き始めた。

夕飯は、二人で向かい合わせで食べた。

メニューはお刺身に煮物というごく普通の和食。

佐緒里がエプロンを外しながら席につく。

服の上から見ても、素晴らしい巨乳である。小柄で全体にほっそりした華奢な身体なので、胸の大きさが強調される。

じっと見ていたいところだが、もちろんそんなことはできない。視線を胸から必死の思いで外した。

「あたし、煮物の味付けって、よくわからないんですよ……」

佐緒里は屈託がない。

といっても味付けに問題があるわけではない。確かに、プロのハウスキーパーのありと比較すれば、軍配は向こうに上がるが、十分に美味しい。

嬉しくなった浩輔は、冷蔵庫から冷やした大吟醸《だいぎんじょう》を出してくる。長男の嫁の愛美が送ってくれた藤崎屋の最高級品だ。

「佐緒里さんも飲むだろ？」

「はい、いただきます」

佐緒里は遠慮しない。冷酒をお互いに注ぎあって、グラスを合わせる。

「佐緒里さんがこの家に来てくれたことに乾杯！」

「あたしが、お義父様のお世話できることに乾杯！」

信じられないことだが、佐緒里は浩輔と一緒に過ごせることがよほど嬉しいようで、ニコニコしている。

童顔で、可愛らしい嫁だが、アルコールで目元がほんのり染まると、新妻の色気がそこはかとなく零れ落ちる。

浩輔は佐緒里に問われるまま、いろいろな話をする。それが佐緒里には興味深いようで、眼を輝かせて頷きながら聞いてくれる。時間があっという間に過ぎていった。

「あっ、もうこんな時間だ」

「あら、ほんとですね。お義父様のお話が面白くて、時間のこと忘れてしまいました」

「そろそろ寝ないと、明日朝早いから」

「そうですわね。では、お義父様、お風呂どうぞ」

「悪いね。でも、お言葉に甘えて、先に入らせてもらうよ」

浩輔は風呂好きである。そのために浴室を、わざわざ大人二人が入れる広さに設計した。

ほろ酔い気分でゆっくり入るのは至高の気分だ。

(由恵ともよく一緒に入ったな……)

さすがに息子たちが同居していたころはそんなことはなかったが、浩史が就職した後は一緒に入るのが当たり前になっていた。

「何も、こんなおばさんと一緒に入らなくてもいいじゃないですか……」

と言いながらも、由恵も夫と一緒のお風呂は楽しかったようで、二人で湯壺に浸《つ》かって、四方山《よもやま》話をしたものだ。

うとうとしながら、ぼうっとしているところに、「失礼します」と声が掛かった。

佐緒里だ。

「どうかしたのかい？」

佐緒里は今日、来たばかりだ。何か分からないことがあったのだろうと声をかけると、すぐさま引き戸が開いて、佐緒里が入ってきた。小柄な身体に大判のタオルを巻いている。

「ど、どうしたんだ？」

「お義父様、背中を洗わせていただきます」

「ちょ、ちょっと待ってよ。嫁に、そんなことをしてもらうわけには……」

浩輔は、慌てて湯壺に沈んだ。

「どうしてですか？　あたし、お義父様の嫁で、更に内弟子でもあるんですよ。嫁が舅のお風呂の世話をするのは当然ですし、まして、内弟子は、師匠の全てのお世話をするものですよ」

「しかし、佐緒里さんは、浩史の妻なんだから……」

「はい。だからです。浩史さんにとってお義父様はかけがえのない人です。だから、浩史さんがいない期間ぐらい、嫁のあたしにお世話させてください」

すがるような目で見られると、もう浩輔は何と言って断ればいいのか、分からなくなった。

「でも、い、一緒にお風呂は……、まずいよ」

最後の方は佐緒里には聞こえないほど小声になってしまった。

「えっ、お許しいただけるんですね。お義父様。では、嫁としての役目を果たさせていただきます」

そう言ってボディスポンジを取ると、浩輔が湯壺から出るのを待つように立っている。

浩輔はのんびりと湯壺に浸かっているのが好きだが、バスタオル姿の嫁が浴室の隅に立っていると気になって仕方がない。

浩輔は諦めたように言った。

「背中を洗うだけだな」

「え、はい……、そ、それは、もちろんです」

一瞬躊躇した後、佐緒里は俯きながら答えた。

「じゃあ、洗って貰おうかな……」

もちろん、可愛い嫁に背中を流して貰うのが嬉しくないはずがない。浩輔は、佐緒里に背中を向けて立ち上がり、前を隠すようにして風呂椅子に座ると、前の鏡に佐緒里が跪《ひざまず》く姿が映った。

洗面器にお湯を汲み、スポンジを濡らしてボディーシャンプーを垂らして熱心に泡立てている。童顔の嫁がボブカットの髪を顔に被せながら、一心に泡立てている姿は、予期せぬ色っぽさを感じさせる。

それだけで、浩輔は息子が元気になるのを感じる。

（おいおい、勘弁してよ……）

心の中で、自分の逸物にお願いするが、そんなことで柔らかくなるはずもない。とにかく、タオルで前を隠し、佐緒里に見つからないことを祈るだけだ。

(嫁を女として見てはいけない……)

必死でそう思おうとするが、元々お気に入りの嫁だ。そんなことはできるはずもない。してはいけないとは思っても、どうしても好色な興味が増してしまう。

もちろん振り向くことはできないが、曇り止めを施《ほどこ》した鏡を見れば、佐緒里が何をしているかすぐ分かる。

(ええっ、それ、まずいよ……)

鏡の中の佐緒里は、巻いていたタオルを取り外した。全裸だった。見てはいけないと思うが、予想以上に素晴らしいプロポーションだ。鏡を思わず見とれてしまう。

乳房が半端なく大きい。浩輔は、息子がいきり立って、隠しているタオルをはねのけそうだ。

見られているのに気づいていないのか、次に佐緒里は泡立てたシャボンを自分の胸にたっぷりこすりつけ始めた。乳房がシャボンで隠れるほど大量に付けたかと思うと、

「お義父様、失礼します……」

(えっ、本当か！)

シャボン塗れの乳房が、背中に押し付けられてきた。

「さ、佐緒里さん、ちょ、ちょ、ちょっと、それはいけないよ……」

「これが嫁の務めですから……」

拒否しようとするが、これだけの美巨乳が自分の背中に密着するのだ。嬉しくないはずがない。「嫁の務め」と言われると、もうそれ以上、反論する気も失せてしまう。

(平常心、平常心……)

必死にこらえるが、肉棒への血液流入は一気にマックスに達し、タオルをはねのける勢いだ。「それだけはないように」と、必死でタオルをガードする。

上下に嫁の乳房が動き始める。

「力加減は如何《いかが》でしょうか」

「あ、ああっ、ちょ、ちょうどいいよ」

震えながら答える。

「ありがとうございます……」

柔らかい乳房と、その中心にあるちょっと硬めの突起が合わさって動く感触は、この世のものとも思えない気持ちの良さだ。

しかし、浩輔は嫁に邪《よこしま》な気持ちを持ってはいけない、と必死で、乳房の感触を楽しんでいる余裕はない。

「背中は綺麗になりました。今度は前を洗いますから、お義父様、申し訳ないんですけど、こっちを向いていただけますか？」

「えっ、ま、前はいいよ」

浩輔は慌てて断った。

「そうは参りません。そんなことしたら、鍋倉家の嫁は、お舅さんのお風呂の世話もできない気の利かない嫁だって、陰口を叩かれます」

そんなことはあるはずがないのだが、ここまで言われたのだ。もう佐緒里に任せるしかない。勃起しているのは、嫁に下心があるように思われそうで恥ずかしいが、これだけ素晴らしいヌードを見せられた以上、どうしようもない。

（勝手に佐緒里が入ってきたんだからな。俺が一緒に入浴して世話をするように言ったわけじゃあない……）

浩輔は開き直った気持だ。

「分かったよ。それじゃあ、前も洗って貰おうかな……」

浩輔はタオルで逸物を隠したまま立ち上がった。もちろん勃起していることは直ぐに気づかれるだろう。それを恥ずかしがっても仕方がない。とにかく、佐緒里にやりたいようにやらせてやろう。

(自分から、絶対に手を出さないぞ……)

それだけは決心した。嫁の奉仕で、息子と嫁の間が不仲になるのだけは避けたい。将来は同居するのだ。仲良くしたい。

浩輔は、佐緒里に向き合って腰を下ろす。

「ありがとうございます。では失礼します」

佐緒里がにじり寄ってくる。見事な巨乳がしっかり見える。大きいだけではない。形のよい美乳で、その上、乳暈が広く盛り上がったパフィーニップルだ。

浩輔の一番好みの乳房である。

このエロチックな乳房とアンバランスな童顔。更に言えば、乳房を着けている身体はスリムで、乳房は横に広がって大きいのではなく、前に急峻に突き出している山だ。

佐緒里が素晴らしいプロポーションであることはもちろん分かってはいたが、これほどだとは思っていなかった。浩輔は何人かの女の裸を見ているが、佐緒里ほど素晴らしい女はこれまでいなかっただろう。

こんな女を嫁にした浩史を嫉妬しそうになる。

「佐緒里」

浩輔はおもわず、嫁を呼び捨てにした。

「何でしょうか？」

「いや、何でもない。呼び捨てにして申し訳ない」

「いいえ。お義父様。あたし、お義父様が呼び捨てにしてくれて嬉しかったんです。お義父様がほんとうに身内だと思ってくださった証拠ですから」

「そうか……。じゃあ、これからも呼び捨てで呼んで欲しいのかな」

「はい。そうしてください。そして、お義父様の希望を遠慮なくおっしゃってください。いけない嫁は遠慮なく叱ってください。佐緒里はお義父様の良い嫁になりたいんです」

全裸でそう言われると、佐緒里の気持ちが真摯《しんし》であることを深く感じてしまう。

佐緒里は佐緒里なりに一所懸命なのだ。

「おっぱいで舅の身体を洗うなんて、浩史に悪くないのかな？」

「どうして、浩史さんに悪いんですか？　別にお義父様とディープキスをしているわけでもないし、エッチもしていませんから。お義父様は浩史さんの次に大事ですから、ディープキスとエッチ以外はすべてして差し上げたいんです」

「大事なだけかい？」

それまで熱は籠っているものの、冷静に話してきた佐緒里がポッと顔を赤らめた。

「大好きです……。浩史さんの次ですけど……」

浩輔はちょっと残念に思いながらもほっとした。嫁に夫よりも舅が好きだと言われたらそれは大事《おおごと》だ。

「だったら、おっぱいで洗うのは一番大切な浩史だけにして、僕にはスポンジ使ってくれればいいのに……」

「あの、お義父様。お義父様は、佐緒里がおっぱいで、お義父様の身体を洗って差し上げるのって、お嫌いですか……？」

もちろん大好きに決まっている。しかし、それを嫁に言うのは如何なものか。嘘も方便だ。理性ではそれが分かっているが、あの乳房の接触の気持ち良さを知ってしまうと、どうしても「嫌い」とは言えなかった。

「も、もちろん、き、嫌いじゃないけど……、佐緒里のおっぱいは浩史のものだから……」

「違いますよ。お義父様。あたしのおっぱいはあたしのものです。だから、あたしが好きに使っていいんです」

「それはそうかもしれないが……」

煮え切らない浩輔の言葉を断ち切るように、佐緒里は浴室の床に三つ指を突いた。

「佐緒里はお義父様のお身体を、佐緒里のお口や、手や、おっぱいや、お股でしっかり綺麗にさせていただきますので、よろしくお願いします」

そう言って膝立ちになると、浩輔の身体に当てていたスポンジを自分の身体に擦りつけて、自分の身体を泡だらけにし始める。

その様子をじっと見つめている浩輔に向かって、佐緒里は声を掛けた。

「お義父様、大変申し訳ないんですけど……」

「あっ、済まん」

嫁の裸体を凝視する義父など、最低だ。佐緒里は抗議するつもりに違いない。慌てて謝った。しかし、佐緒里の言葉は意外なものだった。

「佐緒里の身体に石鹸を付けていただくのは、お義父様にやっていただいてもいいですか？」

「えっ、そんなこと、僕がやっていいのか？」

「お義父様にそんなことしていただくなんていけないんですけど、やっていただけたら嬉しいなと思いまして……」

「も、もちろんやらせてもらうよ」

ここは断らなければいけないのだろうが、浩輔の理性の箍《たが》はすでに外れていた。

浩輔は自分に替わって佐緒里を椅子に座らせると、スポンジにたっぷりシャボンを含ませる。

「ほ、ほんとうにいいんだね……？」

「すみませんが、お願いします」

浩輔は、嫁の掌にスポンジを握らせる。そのままスポンジを腕から肩に向けて滑らせていく。

「ああっ、お義父様……」

佐緒里が熱っぽい眼差しで見つめてきた。

「一番大切なおっぱいだ」

近くで見るとその迫力に目が吸い込まれそうだ。間違いなくGカップはある。Hカップでもおかしくない。そこにスポンジを滑らせていく。釣鐘状の巨乳に、同じ標高で円を描くようにシャボンを付けていく。

「あ、あああん……」

佐緒里が艶めかしい声を零した。

「吸い付くような柔らかさだ。おっぱい握ってみても……、いいかな？」

絶対に自分から言ってはいけないと思うものの、これだけは頼まずにはいられなかった。

「はい、嬉しいです……」

今まで、佐緒里の気持ちを聞いていたから、拒否されることはないと思っていたが、「嬉しい」とまで言うとは思ってもいなかった。

これで、遠慮は無用だ、と思うとほっとする。

嫁の乳房を持ち上げるようにする。ずっしりと重い。それから鷲掴みにするが、浩輔の大きな掌をもってしても、全部は掴みきれない。

「ほんとうに大きいおっぱいだね。何カップあるんだ」

「Hです」

力を入れていくと、弾力があって、しっかり反発してくれる。それが気持ちいい。

「ああっ、お義父様っ……」

切なそうな目で見つめてくれる。

「浩史は、おっぱいを可愛がってくれるだろう……」

浩一は決して自分の交際の様子を親には言わなかったが、浩史はオープンだった。

浩輔は、浩史が巨乳好きであることは前から知っている。

「はい、凄く優しく可愛がってくれるんです。だから、彼に触って貰えないと……」

「どうなるの……？」

「は、はい、凄く、おっぱいが疼《うず》いちゃって……、ああっ、はしたない嫁で申し訳ありません」

「はしたない嫁はどうして欲しいんだ」

「そ、そんなこと、申し上げられません」

「誰か、いい男でも探して、触ってもらおうか？」

「そ、そんなことをしたら、浩史さんに申し訳が立ちません……」

「だったら、僕が触るのもまずいだろう」

「でも、お義父様なら浩史さんも許してくださいます……」

舅は別格ということらしい。浩輔は確認するように尋ねる。

「はしたない嫁は、浩史の代わりに僕に触って欲しい、ということかな？」

「は、はい、お願いできますか？」

「もう、さっきから触っているけど……」

そう言いながら、浩輔はもう一度指先に力を込めていく。

「ああっ、いいですぅ……、お義父様の揉み方、気持ちいいですぅ」

「浩史の愛撫とは違うんだろ……？」

「違いますけど……、違うから、ああっ、い、いいんですぅ」

「なんか、佐緒里はいろいろな男におっぱい揉まれたいみたいだな……」

「そんなことありません。あたしのおっぱいを触っていいのは、浩史さんとお義父様の二人だけです。他の男には触られたくありません」

全く意味が分からないが、そう言ってくれる嫁が可愛くてたまらない。話をしながら、佐緒里の身体を泡だらけにした。

もっと触り続けたいが、既に義父が許される限界を超えているに違いない。このまいったら、今かろうじて残っている理性が吹き飛んでしまうだろう。そうなることが怖かった。

（もう、佐緒里の身体で洗ってもらうだけだ、自分からは絶対手を出さないぞ……）

その必死の決心を佐緒里に気取られないようにして、佐緒里にさりげなく言った。

「じゃあ、そろそろ、身体をまた洗ってくれるかな」

「はい、よろしくお願いします」

浩輔が風呂椅子に再度腰を下ろすと、佐緒里が身体を寄せてきた。抱きついて乳房を胸に密着させてくる。

キスだけはできないと思っているのか、顔を背けている。

「浩史にもやってあげている？」

「時々はします……」

「浩史とは、キスもしながら胸を動かすんだろう」

「そうですね」

「羨ましいな」

「でも、佐緒里は浩史さんの妻ですから、キッスはダメです。唇は浩史さんだけのものですから……」

そういうところがいじらしい。

佐緒里は膝をスクワットの要領で曲げ伸ばししながら、乳房を上下に滑らしてくる。乳首が屹立し、その硬さがアクセントになって、浩輔の胸には、何とも言えない気持ち良さが伝わってくる。

「おおう……」

思わず声が漏れる。

「どうかされましたか？」

何かいけないことをしたかのように佐緒里が心配そうに訊いてきた。

「いや、凄く気持ち良かったんで、声が出てしまったんだ。大丈夫だよ」

「佐緒里のおっぱい、気持ちいいんですね。ああっ、よかった……。お義父様、そう
そう、ここも洗わなければいけませんね」

佐緒里がタオルの下に手を入れ、逸物を握りしめる。

「おお、た、頼むよ」

もう佐緒里に好きに洗ってもらう覚悟はできている。拒否する理由もなかった。

佐緒里はシャボンを補充すると、乳房を上下に動かしながら、手筒の作業にも余念
がない。

胸を擦られると、乳房が変形して擦られる気持ち良さに加えて、それが目で楽しめ
るというダブルの気持ち良さに変わる。その上肉棒まで擦られている。浩輔の興奮は
一気に最高潮まで達した。

佐緒里が悪戯っぽい目で見上げてくる。

「お義父様、佐緒里のおっぱいタオルと、指タオル楽しんでいただいていますか？」

「もちろんだよ。嫁にこんなことをされるのって、最高だな」

「ああっ、お義父様……」

佐緒里は悩まし気な声を上げながら、おっぱいタオルのこすりつけに余念がない。

「お義父様、おち×ちんも凄く硬くなっています」

「悪いけど、佐緒里の手技に興奮してしまったよ」

「そう言っていただけると、嬉しいです」

「どうだ。舅のおち×ちんは？」

「親子ですね。浩史さんのものとよく似ています。浩史さんも筒太で大きいんですけど、そこがお義父様と一緒です」

「元カレよりはでかいか？」

佐緒里ほどの可愛い娘に、結婚前何もなかったとは思えない。当てずっぽうに訊いたが、佐緒里は嬉しい答えを返してくれる。

「はい、全然違います。お義父様と浩史さんとが私の一番と二番です」

そう答えながら、佐緒里は浩輔の農業で鍛えた腕を両手でつかむと、自分の胸に案内する。そして、掌に乳房を押し付けると胸を廻して掌を洗ってくれる。

次は太股だ。乳房を太股の内側に押し付けると、それを擦りつけてくれる。

嬉しそうな目で見上げられながらのおっぱいタオルは最高に気持ちがいい。浩輔は全てを佐緒里に任せて、彼女のやりたいようにやらせる。

浩輔の前に付いている器官で乳房が擦りつけられていないのは、もうペニスだけになっている。

　期待するのは、パイズリだ。

　しかし、佐緒里は、パイズリはしてくれなかった。無言で立ち上がると、浩輔の手を取った。笑みを浮かべたままそこに跨ってくる。

「ああっ、佐緒里、それは……」

「恥ずかしいですけど、佐緒里の下のタワシで、お義父様の腕を洗わせていただきます」

　佐緒里の腰が前後にグラインドされる。硬めの繊毛の感触が気持ちいい。繊毛だけではない。女の中心の秘めた花弁も擦りつけられている。

「ああん、ああん、あん、あん……」

　声を上げずにしたいのだろうが、どうにも声が漏れるらしい。眉間にしわを寄せて、苦しげな表情で、それにもかかわらず腰のグラインドだけは色っぽい。浩輔の腕を使ってオナニーしているようにも思える。

「佐緒里、気持ちいいのか？」

「はい、お義父様。お義父様の手を洗っていると、佐緒里も感じてしまいますぅ……。あっ、ああん、き、気持ちいいですぅ」

「オナニーしているみたいな感じかな？」

「ああっ、恥ずかしい……。あああん、そんなこと、仰らないでください」

「違うのか。どうなのかな。舅には正直に何でも話してくれる嫁が、僕は好きだな」

「ああっ、恥ずかしいけど、正直に言います。佐緒里は、オナニーをしているわけではないんですけど、お義父様の手を擦っていると、ああっ、き、気持ちよくなってしまうんです」

「そうか、佐緒里は、ひょっとしてエッチしたくなってきたかな……？」

「ああっ、さ、佐緒里も浩史さんがいなかったら、お義父様とエッチしたい。でも、佐緒里には浩史さんがいますから……」

腰のグラインドを続けながら佐緒里は答えた。ハスキーな声を出す佐緒里が愛しすぎる。とはいえ、浩史のことを愛している佐緒里にセックスを誘えないことは当然のことだ。

両腕を股で洗い終わると、佐緒里は浩輔の指を取った。

「次は指先を洗います」

「指先……かい？　もう洗ってもらったが……」

さっき乳房で、掌も指先もしっかり洗ってもらったはずだ。

「はい。でも指先だけは、別なところで洗わなければ綺麗になりませんから……」

立ち上がった佐緒里は、浩輔の指を自分の陰唇まで引っ張っていく。

「この中で洗っていただきます。どの指から、お洗いしましょうか？」

いわゆる壺洗いだ。確かに、ここまではセックスではない。佐緒里は浩史の次に好きな舅をぎりぎりまでもてなすつもりらしい。

「右手の人差し指と中指、二本まとめて洗って貰おうかな」

「無理」と言われる覚悟で頼んだが、佐緒里は拒否しない。

「に、二本、まとめてですね。あああん、承、承知しました」

佐緒里は浩輔の手首を握り、まっすぐに伸ばした指に、腰を下ろしてみせる。

自分から決心した行為とはいえ、自ら舅の指を蜜壺に入れる行為は十分に恥ずかしいのだろう。

「あっ、あっ、ああっ、あっ、ま、まとめて二本なんて……、はあん」

佐緒里は真っ赤になりながらも躊躇はしない。しっかり腰を沈めていく。

嫁の中は、すっかり熱い蜜で蕩けていた。粘液が浸透《しんとう》し、蜜襞が手指を締め付けてくる。

「あ、あとは、お義父様が……」

「勝手に動かして洗え、と言うのかな。それだと洗ってもらっていることにはならないが」

「ああっ、申し訳ございません。でも、あたし動けないっ」

「分かったよ。僕が自分で洗おう……」

自分からは何もしない覚悟だったが、こんな様子を見せられれば、指を動かして、もっとよがり声を上げさせたくなるのは当然だろう。浩輔は恩着せがましく言うと、嫁の蜜壺を二本指で弄っていく。

「ああっ、お義父さまぁ……」

腰をよじらせながら、必死で耐える嫁。その姿が、あまりにもいじらしく、ますます厳しく弄りたくなってしまう。

「あっ、あっ、お願いですから……もっと、そうっと」

「どこか痛いのか？」

「痛くないけど、そ、そんなに激しく動かされたら、佐緒里の腰が抜けてしまいます」

「気持ちいいんだな」

「は、はい。お義父様の指が気持ち良くて、本当はあたしが気持ちよくなってはいけないのに……」

「そんなことないよ。僕の指で、嫁が気持ちよくなってくれるんだったら、舅冥利《みょうり》に尽きるよ。しっかり、佐緒里の中で洗わせてくれ」

動かせば動かすほどに指に反応してくる。しっかり蜜襞が密着し、中に引き込もうとする蠕動運動が気持ちいい。それに対抗するように中を弄ってやると、ざらざらした膣上底に気が付いた。

そこをまたゴリゴリと擦ってみる。

「ああっ、そこぉっ、ダメですぅ……。ああっ、お義父さまぁ……、そんなことされたら、佐緒里、立っていられなくなりますぅ……」

腰砕けになった佐緒里は浴槽の縁にしがみついて、声を震わせている。

「ああっ、あっ、あっ、あっ、ダメっ、ダメですぅ……」

腰をピクピクさせて、遂に痙攣した。

浩輔は二本指をゆっくり抜いてやる。

「おおっ、僕の指、びしょびしょだよ。ここまで綺麗に洗ってくれてありがとう……。では、他の指もお願いするかな」

「ああっ、そ、それはもう堪忍してください。お義父様の指を洗うと、気持ちがよく
ないのに……」

なって立てなくなっちゃうんです。済みませんが、あ、あとはおっぱいで……」

あの痙攣の様子を見ると、佐緒里は自分からは言わないが、イッてしまったことは間違いない。最愛の嫁をイカせることができたことに、浩輔は無上の悦びを感じている。

(これでもう十分だ。もう夜も更けてきたし、そろそろ上がるとするか)

明日も夜明けとともに活動開始だ。睡眠不足でいいことは何もない。

「佐緒里、ありがとう。あとは流して、湯船で温まって上がろう」

浩輔はシャワーに手を伸ばした。

しかし、佐緒里はそのシャワーヘッドを押さえて浩輔に言った。

「あ、あの、お義父様。お義父様の一番大切なところをまだ洗っていないから、もう少し、佐緒里に嫁の務めを果たさせてください」

一番大切なところと言えばペニスだろう。さっき手指でペニスは洗われている。これ以上何かをすると言ったら、セックスぐらいしか考えられない。しかし、セックスを佐緒里はしないと明言している。

「ああ、それは構わんが……」

浩輔は訝《いぶか》し気に答えながら風呂椅子に座りなおした。

もちろん浩輔にしてみれば、セックスならいつでもできる。逸物はさっきから最高まで硬くなり、これ以上ないというほどに膨張している。

しかし、相手は次男の嫁なのだ。浩輔から襲うことはあり得ない。浩輔にそれぐらいの良識はあるし、まだ正気も失っていない。

そんな浩輔の思いを知ってか知らずか、佐緒里は浩輔の膝の間に正座すると、手で乳房を寄せて、そこにローションを垂らしていく。

（やっとパイズリをしてくれるのか……、パイズリはセックスではないからな……）

浩輔の見込みは誤ってはいなかった。佐緒里は自分の巨乳を持ち上げると、浩輔の逸物をくるむように包み込んだ。

「あっ、ああっ、き、気持ちいいっ」

思わず声が出た。カチカチの肉棒を柔らかい乳房で包み込む。その感触に何とも言えない安堵感がある。

「あはん、ああっ、い、如何ですか、お義父様……？」

ローションの垂らされた乳房が上下に動く。自分で手淫しているよりずっと気持ちがいい。その上、視覚的には十分にいやらしい。

「これはいいなっ。最高だよ」

もちろん肉棒の洗浄《せんじょう》は、パイズリだけでは終わらなかった。佐緒里はピンクの舌を伸ばし、乳房に包み込んだまま、上に顔を覗かせた亀頭をちろっと舐めたのである。

「キスはしないのではなかったのか？」

「キスはお口同士です。おち×ちんをお口でお掃除するのは、キスではありません」

佐緒里はそういうと、パイズリをしながら、亀頭をだんだん上にあげ、自分の口の中に肉棒を順次送り込んでいく。最初は軽く舌先で亀頭を舐めただけだったが、次には亀頭全体を大きく舐めまわすようになり、それからだんだん奥まで入るようになり、数回目には、完全に口の中に収まった。

「おおおっ、き、気持ちいいっ」

パイズリからフェラチオに続く連続技の気持ち良さは、異次元のものだった。二つの違った擦られる感触がお互いに連動して、気持ち良さが掛け算になる。

（こ、こんなことができるなんて……）

自分の可愛い嫁が、パイズリしながらフェラチオをしてくれるなんて視覚的にも最高だ。予想もしていなかった愛撫に、自分が王様になった気分になる。

佐緒里は口の中に逸物を完全に迎え入れても、乳房での挟み込みを止めなかった。乳房で根元を固定したまま、カリの部分を舐めしゃぶっている。

その舌の動きは熱心で、舅に対する尊敬と愛情に溢れている。

柔らかな唇がごつごつした肉幹を締め付けながら、顔を振って上下に擦りつける。

「あああっ、あああっ、佐緒里っ、最高だよっ」

巨乳嫁の美唇は、乳房の感触も相俟って最高の気持ち良さだ。

「佐緒里っ、フェラが最高に上手いよ……」

「ああん、こ、これはお掃除です。フェラは浩史さんにするものですぅ……」

それだけ言うと、肉棒に向き合い直す。舌先が裏筋を擽《くすぐ》る。二人の相性がいいのか、その感触が抜群だ。ちょっとざらついた舌の表面が小刻みに動き、口唇愛撫の快感が増幅される。

(フェラチオなんてしたことありません、という顔をしながら、本当はかなりエッチな嫁なんだ)

佐緒里は浩輔の顔を見上げながら、乳房の挟み込みも調節しつつ、「んふっ、んふっふっ」と、鼻から甘い息を零しながら砲身への洗浄に余念がない。

にこやかな表情で精一杯おしゃぶりしてくれるのが、浩輔には最高に嬉しい。

長男の嫁の愛美なら、舅にフェラチオをするなんて、絶対あり得ないことだろう。

そんなことを思いながら、次男の嫁の口唇愛撫を楽しむ。

「ああああっ、お義父様のおち×ちん、ほんとうに大きいです。でも、大きいから綺麗にし甲斐があります……」

全体を唾液でべとべとに塗すと、佐緒里はようやく口を外した。

「そうか？　浩史のチ×ポもでかいんじゃないのか？」

「はい、浩史さんのも大きいですけど、パイズリしながらのお掃除ってしてあげたことがないんです」

「ええっ、そうなの？　でもパイズリとか、フェラチオとかは当然しているよね」

当然浩史にもしていると思っていた。

「はい。別々にはしていますけど……。今日、お義父様に感謝の気持ちをお伝えしたいと思って、どうしたら悦んでいただけるかなってずっと考えていて、さっき、パイズリとお口でのお掃除を一緒にやったら悦んでいただけるに違いないと思って……。で、こうすると、唯お口でお掃除している時よりも、おち×ちんが硬く大きくなって迫ってくるような気がするんです」

「あ、ありがとう、佐緒里」

自分への感謝の気持ちがパイズリしながらのフェラチオという、佐緒里にとっても初めての行為に結びついたのだ。浩輔はお礼の言葉を口に出さずにはいられない。そして大人げない話だが、初めて息子に勝った気がした。

「そんなこと、仰らないでください。佐緒里は、お義父様に苺栽培の方法をほんとうに丁寧に教えていただいていますし、私の我儘《わがまま》なのに、この家にも置いていただけるし……。これぐらいのこと、当然です」

「でもこんな、加齢臭のする男のチ×ポをしゃぶるなんて、普通は嫌だろう?」

「とんでもないです。あたしはお義父様のおち×ちんを見ていて、どうしてもお口でお掃除したくてたまらなくなってしまったんです。ああっ、はしたない嫁ですよね。申し訳ございません」

「はしたないなんて、とんでもないよ。僕も最高に嬉しかったんだから……。それより、僕のおち×ちんは十分にきれいになったのかな。確認してよ」

浩輔は嫁を見下ろすようにしてニヤリと笑った。

浩輔の気持ちは佐緒里にすぐに伝わった。

「まだ不十分でした。もっときれいにしますからね。ではまた、おち×ちんをおっぱいで挟ませていただきますわ」

パイズリフェラが舅のことさらお気に入りであることを、佐緒里は完全に理解していた。

「ああっ、おっぱいで包まれる感じが最高だよ」

「あたしも、お義父様のおち×ちんをおっぱいで包めると、ドクドクっていう感じが、おっぱいに伝わって、嬉しいです」

可愛い嫁は、そう言いながら再度肉棒を口に運び入れる。

柔らかな美唇が太竿を締めつつ、首が上下に振られる。その度に長竿が奥まで消え、すぐに現れる。

「あっ、あああぁっ、気持ちいいっ」

嫁の舌の刺激は更に気持ち良さを引き出してくれる。さっきよりも浩輔の快感のポイントを理解したようで、裏筋に添えられた舌の感触が抜群だ。舅の反応を確認しながら舌の動かし方を変えるところが、素晴らしいとしか言いようがない。

「ああぁっ、お義父様のおち×ちん、ほんとうにお掃除のし甲斐がありますぅ……。太くて、硬くて、いつまでもお掃除していたい気分になります」

「あっ、ああっ、僕もだよ、佐緒里のお掃除、ああっ、最高だよっ！　チ×ポが蕩けそうな気持ち良さだよっ……。いつまでもこうされていたい……」

佐緒里は喘ぎながらそう叫ぶ舅の顔を見上げながら、「ムフッ、ムフッ」と鼻から息を零しつつ、口唇愛撫に余念がない。いつの間にか、挟んでいた乳房から手を外し、口許を歪めながらダイナミックに口を動かしている。

口だけで逸物を押さえ、顔を動かすことだけで肉棒を掃除すると、さっきまで肉棒を挟んでいた乳房が上下に揺れ、その波打つ様子には、淫靡な美しさがある。

口許から涎が垂れ、それが浴室の照明に反射してきらりと光る。

肉棒の表面を何度も嫁の舌と唇が行き来する。佐緒里は、舅の股間の我慢の震えを感じながら、更に快感を送り込んでくる。

佐緒里は頑なに「お掃除」と言い続けているが、そんなお仕事的な行為ではないことは、浩輔が一番よく分かっていた。

頭を振りながら舌を回転させ、頭だって上下だけではない、左右にも振って、口の中のあらゆるところを使って快感を送り続けてくるのだ。さすがにもう浩輔は耐えきれない。このままいくと、嫁の口の中に発射してしまいそうだ。

「佐緒里、十分綺麗になったよ。もう大丈夫だから」

浩輔がそう言いながら、頭を叩いてやると、嫁はようやく逸物から口を外した。

「ほんとうによろしいんですか？」

戸惑ったように尋ねてきた。

「済まないけど、こんな気持ちいいことずっと続けられたら、我慢できなくなってしまいそうだから……」

「我慢できなくなって、どうなるんですか……？」

「佐緒里を襲いたくなってしまうかもしれない」

「それはいけません。お義父様は佐緒里とセックスはできないんです。あたしとセックスしていいのは、浩史さんだけです……」

「そうだよなあ……」

世間の常識からすれば、嫁に「お掃除」という名目でフェラチオしてもらうことだって許されないことだ。ましてやセックスはありえない。

しかし、佐緒里はあくまでも優しい嫁だった。

「でもお義父様、まだ出していらっしゃいませんよね。これで終わりにしたら、辛くありませんか」

「それは……、辛いよ……」

「だったらもう少しお掃除を続けますので、遠慮なさらないで、お出しになってください。あたしの顔に掛けてくださっても、お口に出していただいても、大丈夫ですから……。お好きな方を選んでくださいね」

「本当かい……？」

言葉が震えてしまう。

「本当です。どちらがよろしいですか？」

「では、口で……」

そんなこと、決して言ってはいけないと思いながらも、期待のあまり口にしてしまう。

既に最高に反り上がっている肉刀の硬さが更に増す。

「はい分かりました。佐緒里のお口で、お義父様の中まで綺麗にいたしますから、好きなだけ、注ぎ込んでください」

そう言うなり、佐緒里は再々度、肉棒を口に送り込んだ。更なる奉仕は、放精させるための激しいものになった。

「むふっ、ジュルジュル、んむっ、ジュルジュル、あん、レロレロレロ……」

舌遣いの音が、舅の興奮をますます高める。

佐緒里も興奮していた。いつの間にか、片手が自分の股間に伸び、陰唇を擦り始めている。どうも無意識に行っている様子だ。

「ああん、アフッ、ムフッ……」

舌遣いの音と、自分で自分を慰める快感の無意識の声が合わさって、その色っぽさがますます浩輔の気持ちを昂らせる。

舅の肉棒をいかに料理しようかと格闘しながらも、自分自身を慰める姿は、もう可愛らしい嫁の姿ではなく、貪欲に男を求める女の性《さが》だけがあった。

舅の長竿の先端が、嫁の喉奥を突いている。その苦しさを乗り越えるように必死に舌を使う。自分を慰める手指の動きも少しずつ激しくなっている。

佐緒里の女体が燃え盛っているのが分かる。パフィーニップルの乳首が更に膨れて、突き出している。

「佐緒里っ、最高に気持ちがいいよっ」

健気で色気溢れる嫁の気持ち良い行為に、浩輔は叫ばずにはいられない。

(あ、あたしも気持ちがいいです……)

佐緒里は口唇清掃を続けていたため、言葉にすることはなかったが、上目遣いで浩輔を見る目は、間違いなくそう言っていた。

浩輔は下半身の感覚がなくなるほどの気持ち良さが続いていたが、もう限界だった。

「ほ、ほんとうにお口の中で大丈夫か？」

佐緒里は頷くと、一瞬肉棒から口を外した。

「お義父様、遠慮なさらないでください。思いっきり出しちゃってください」

微笑んだ佐緒里は、フィニッシュに導くようにおしゃぶりを再開させる。じゅるじゅると破廉恥な摩擦音が響き、自分の秘豆を擦る指の動きも細かくなる。

「シュポッ、シュポッ、ジュルッ、ムフッ、ジュルッ、あぁっ、ジュルッ……」

「おおおっ、佐緒里っ、あぁっ、出そうだっ、口の中に出すぞっ……！」

浩輔はぐっと足を踏ん張り、両手を嫁の頭を押さえた。腰に力がこもる。

佐緒里は射精に導くために一心不乱に頭を振り、舅と一緒にイクつもりかのように手指の動きも激しくなる。二人とももう官能の極みへと昇り詰めていた。

「あぁっ、出るっ……！」

浩輔のその叫び声に合わせるように、佐緒里は舌の動きを止め、精液を受け止めるべく口唇を肉幹に密着させる。一方自分の手指愛撫は更に激しさを増している。

その瞬間、浩輔の逸物が大きく波打った。

「おおおおお……っ」

浩輔の雄叫びの瞬間、佐緒里は亀頭を吸い上げる。大量の白濁液が噴出し、美嫁の口中を白く染めた。肉棒は二度、三度と脈動し、興奮の極みは精嚢《せいのう》から全て佐緒里の口の中に移った。それほど気持ちがよく、興奮した。

「んっ、んんんぅっ」

喉を打った精液が佐緒里のクライマックスの引き金でもあった。佐緒里は舅の逸物を口に咥えたまま、身体を痙攣させる。

二人はそのまま固まっていた。

浩輔にとっても、頭の中が真っ白になるほどの快感だった。

佐緒里にとっても、それほどの快感だったのか、一瞬気を失っていたようだ。

数秒後、佐緒里は遂に口を外した。そして舅の顔を見つめると、舌をゆっくり出して見せた。そこはすっかり白く染まっている。

微笑みながら口を閉じた佐緒里はゆっくり喉を動かした。

「の、呑んだのか？　穢《きたな》いぞ」

「お義父様の子種のどこが穢いんですか。佐緒里はお義父様の精液が呑めて、すっごく幸せです」

その笑顔はあまりに妖艶だ。童顔の嫁がこんな表情になることに驚いた。訊いてはいけないと思いながらもオナニーのことも質問せずにはいられない。

「オナニーしていた？」

「は、はい。やっぱり気づかれましたね。お義父様がイクときに、あたしも一緒にイキたかったんです。そんなことしちゃいけないとは思ったんですけど、お義父様のおち×ちんをお掃除していると、どうにも我慢ができなくなっちゃって……、しちゃいました」

ペロッと舌を出す仕草が可愛い。

「イけた？」

「はい、凄く気持ち良かったです。オナニーでこんなに気持ち良かったの、初めてでした……」

「それはよかったけど、やっぱり浩史に申し訳ないなあ……」

「大丈夫ですよ。精液を子宮に掛けたんじゃあないですから。浩史さんだってあたしの気持ちを分かってくれます。それより……吸い出しが足りないようですね」

さしもの肉棒も大量の精液放出で萎えていた。その表面は自分の精液の残滓《ざんし》で汚れている。

「もうちょっと綺麗にしましょうね」

佐緒里は、当然のように萎《しお》れた逸物を咥えにいく。お掃除フェラだった。

表面の残滓を舐め取るとともに、尿管に残っている全ての精液を吸い取りにくる。

この感触も抜群だった。精嚢はもう空っぽだったにもかかわらず、肉棒はすぐに臨戦態勢に復活する。

「も、もう、こんなにされても、精液は出ないよ」

「そうですね。だったら、最後の仕上げをいたしますので、横になっていただけますか？」

「ここでかい？」

「はい、済みませんが、よろしくお願いします」

浴室の床には硬質ウレタン製のマットが敷いてあるから横になることはできるが、そんなことはしたことがない。しかし、佐緒里にはここまでやって貰っている以上、もう断ることはできなかった。

言われるままに浴室の床に横になる。

佐緒里は、硬くなった肉棒を手でつかみながら、浩輔の身体に跨ってくる。亀頭を自分の秘穴に宛《あて》がうと、ゆっくり腰を下ろしてきた。

「えっ、佐緒里っ！」

驚いた浩輔が叫び声をあげた。

「セックスは禁止だったんじゃないのか……あっ、あああっ!?」

そう浩輔が叫んでいる間に、亀頭は佐緒里の肉壺の中に隠れ、太棹も中に収まっていく。

嫁の中は、熱い蜜液で満たされている。入っていった肉棒は嫁の柔らかい肉襞にしっとりと締め付けられていた。

「こ、これは、セックスではありません。お、お義父様のおち×ちんお掃除の……、さ、最後の仕上げですぅ」

「仕上げ？」

「は、はい……、だってっ、お義父様に凄く感謝しているし、尊敬もしているから、あたしの身体で、そ、それを示したかったんですぅ。いろいろ考えて、最初は手を使い、それからおっぱいを使って気持ちよくなって貰い、それからお口で気持ち良くなって貰うことにしました……」

「ああ、凄く気持ち良かったよ」

「それで、精液を全て出して貰ったら、すぐには復活しないだろうから、エッチしても精液を出してもらうことはできないはずだから、最後はあたしのオマ×コを使って……と思って……」

「ああっ、佐緒里っ、わかったよっ」

浩輔は佐緒里の気持ちが嬉しかった。また、肉棒を締め付けられる感触が最高だ。見上げると、まだ垂れ下がることのない美巨乳が細やかに揺れている。肉襞が送り込んでくれる快感を味わいながら、この乳房を見られるのは最高の悦楽だ。

「で、でもこれはお掃除です。セックスではありませんから……」

「うん。そうだ、佐緒里がオマ×コを使ってしてくれるお掃除だ」

その言葉に安心したように、佐緒里は腰を使い始める。

「あっ、あっ、あっ、あっ、お義父様のおち×ちんが気持ち良すぎてぇ……、あたし、お掃除しているだけなのにぃ……」

悩ましい声を上げて揺らす乳房があまりにもエロチックだ。浩輔はそこへ手を伸ばさずにはいられなかった。

「僕がおっぱいを支えているから、もっと頑張ってお掃除するんだ」

「ああっ、ありがとうございます」

佐緒里は眼を瞑ると、腰をグラインドさせる。丸い美臀が弧を描き始める。

乳房を押さえられたことで安心しているのか、佐緒里の腰の動きはダイナミックで円滑だ。

「もっと動いてくれると、もっと綺麗になるよっ」

「はい、頑張ります」

言葉通り、佐緒里の腰のダンスは更にダイナミックに淫靡極まりないものに変わっていく。それに合わせるように鷲摑みにしている乳房に力を込める。そうすると、肉襞の動きがまた変わり、気持ち良さが波状攻撃してくる。

「佐緒里っ、ああっ、ほんとうに気持ちいいよぉ、お前の中は最高だよぉぉぉぉ」

舅の喜悦の声が嬉しいのか、エロティックに振られる腰の動きがますます艶めかしくなる。

「あっ、あっ、あっ、あっ、あっ、ああーっ、あっ、凄すぎるぅーっ、あっ、あたしぃ……、お掃除しているのに、イキそう……」

「そうか、遠慮しないでイクんだ。イキ顔を見せるのは嫁の仕事だぞっ」

浩輔は全てを嫁に任せるつもりだったが、もう腰を動かさずにはいられない。佐緒里の腰の動きに合わせて下から突きあげる。

「あっ、ダメっ、そ、そんなにされたら、あたしぃ……、ああっ」

佐緒里の身体が痙攣しながら、肉棒を締めつけてきた。

（イケッ、イケッ、イクんだ）

浩輔は、心の中で叫んだ。自分の精液が出ることはしばらくない。とにかく、佐緒里をイカせることだけに集中する。

佐緒里は、浩輔の身体の上で淫らなダンスを踊りながら、自分の絶頂を口にする。

「あっ、それダメッ、ああっ、あたしぃ……、イクゥ、イクゥ、イッちゃううぅぅ」

急激な絶頂に昇りつめた次男の嫁は、舅の身体の上で、最高のエクスタシーを感じていた。

第五章　孕みたがりの長男嫁

佐緒里と一日中一緒にいる生活が始まった。これはウキウキするほど嬉しいが大変でもあった。何しろ仕事の弟子なのだ。朝起きてから夜寝るためにそれぞれの部屋に分かれるまで、一人になれる時間はトイレに行く時ぐらいだ。あとは食事をするときも、畑仕事をするときも、農協の会議で出かけるときもいつも佐緒里が一緒だ。さすがに、これでは息が詰まることがある。

しかし、一緒の入浴と入浴時のサービスも続いているのは嬉しい。

お風呂には、ソープランド用のエアーマットとスケベ椅子も購入した。佐緒里にソープ嬢もののＡＶを見せたら、早速見よう見まねでそのサービスをやってくれる。エッチなことに関しても、苺づくりと同様に好奇心と積極性を示すのが、佐緒里らしい。

もちろん、キスとセックスはなしだ。ただし、佐緒里のキスとは口同士のフレンチキスのことだし、セックスとは中出しのことだ。逆にそれ以外は何でもあり、なのだ。顔射か口中発射《ごっくん》が浩輔の日課になっている。浩史には悪いとは思うが、この楽しみからは抜けられそうもない。

ひとつ残念なのは、あいりと会えないことだ。さすがに嫁の目がある中、恋人に会いに行けるほど、浩輔の神経は太くなかった。

もちろん電話やメールでは連絡を取り合っている。

あいりに関しては嬉しいことがあった。

「やっと、離婚が成立しました」

あいりから、電話で連絡があった。

「それは、おめでとう」

あいりは、昔浩輔が経営していた会社に勤めていて、結婚退職したのだ。結婚後しばらくして夫婦仲が悪くなり、夫とは別居していたのだが、ようやく夫が離婚に合意してくれたらしい。

「こっちは、よりなんか戻す気がないんだから、さっさと離婚してくれればいいのに……」

ハウスキーパーとして来てくれていたころ、何回そう愚痴を零されたことか。

しかし、これで晴れて独身になり、浩輔と再婚するための障害はなくなった。

(ようやく子供たちに紹介できるな……)

とはいえ、紹介のタイミングは大切だ。まずは、鍋倉農園があいりを正式に雇って、苺づくりの手伝いに毎日通わせて地ならしをするべきだろう。

クリスマスが近づき、そろそろ苺の出荷の最盛期を迎えていた。この時期になると、浩輔はパートを何人も雇って、摘《つ》み取りと出荷のお手伝いをお願いしている。今年は佐緒里がいるから、例年よりは人数が減らせるが、それでも何人かは必要だ。

既にあいりはハウスキーパーの仕事を辞め、鍋倉農園に来る準備を進めている。

浩輔は、あいりと佐緒里を組ませて相性を見るつもりだ。将来は同じ屋根の下で暮らすことになるかもしれない。その時仲良くできるかどうかを確認したい。

浩史は予定の出張期間が終了して、正月には戻ってくる。

「浩史さん、一月一日付で農業センターに異動ですって」

佐緒里が嬉しそうに報告してくれたのは昨日のことだ。

Q市の農業センターは飯合町との境近くにあり、浩輔の家からも近い。

農業センター勤務なら官舎に住む義務がなくなることもあり、佐緒里は官舎を引き払って、夫婦でこの家に引っ越してくる気満々だ。

（浩史たちが家に引っ越してきたら、あいりも家に入れてしまおう）

浩輔はそう考えている。

（あいつらだけ熱々のところを見せつけられるのは、たまらんからな……）

あいりにその話はしていなかったが、断られない自信はある。今、浩輔は精力が若い時のように充実している。仕事も気力も順風満帆だ。

そんな中、長男の浩一と妻の愛美が訪ねてきた。

珍しいこともあるものだ。

浩一は県下一の造り酒屋「藤崎屋」の一人娘の愛美と結婚し、婿入りした。実家の浩輔のところに来るのは、正月と母親の命日に線香を上げにくるぐらいだ。

浩輔が前回浩一と会ったのは、浩史夫妻の結婚式だったから、もう半年近くたっている。

お茶を出しにきた佐緒里は、すぐに裏に下がった。

「親父に、実は、相談があるんだ」

座敷に通した長男は深刻な顔をしている。それに対して、嫁の愛美は表情の変化があまりなかった。しげしげ見てもほんとうに美人だと思うが、いつも能面のような表情の薄さで、浩輔はこの嫁が正直なところ、苦手である。

「どうしたんだ」

「いやね……」

浩一の声がひそひそ声になった。

「俺たち、子供がまだできないだろう」

確かに結婚して四年もたつのに、子供ができたという話は全く聞かない。

「うちみたいな家業はさ、代々子供たちが継ぐから、子供ができないというのは凄くまずくてさ、俺たちも不妊治療行ったんだよ」

「うん、それで」

「それで、検査して貰ったら……」

浩一はもう何も言わない。それを引き取るようにして愛美が言葉を継いだ。

「私の方は正常だったんです。でも、浩一さんは無精子症という診断で……」

「えっ、無精子症？」

浩輔は思わず声が大きくなった。

「ちょっとそんな大きい声、出さないでよ」

浩一が慌てたように言った。

「それは……、困ったな。治療はできないのか？」

「難しいらしいんだよ。体外受精で上手くいく場合もあるらしいんだけど、俺の場合、確率は一パーセント以下って先生に言われてしまって……」

「えっ、一パーセント以下か……」

もちろん、これは絶対生まれないとは言い切れない、ということであって、実際は、子供は諦めなさいと言われているに等しい。

「先生からはどうしても子供を欲しいのであれば、養子を貰うか、第三者の精子を貰うか、そのどちらかしかありませんと言われました」

愛美が涙ぐむ。

「別に夫婦だけでもいいじゃないか。子供のいない夫婦なんて、世の中に掃いて捨てるほどいるよ」

もちろん、そんなことは慰めにもならないことは浩輔にも分かっている。浩一が婿養子に入ったということは、ありていに言ってしまえば子種を期待されてのことである。藤崎屋のような老舗《しにせ》では、子供を孕《はら》ませられない婿など必要ないのだ。

「向こうのご両親には話をしたのか？」

「そ、そんなことしたら、すぐに離婚するように命じられちゃうよ」

浩一はブルブル震えている。

「あたしたち、愛し合っていて、絶対に離婚だけはしたくないんです」

無表情に愛美が言った。浩一の深刻な表情と愛美の無表情とのギャップの大きさに違和感があるが、これがこの夫婦なのだ。

「夫婦がお互い愛し合っているなら、離婚なんかさせられないよ」

しかし、浩一夫妻は藤崎屋の跡取りなのだ。その正論が通らないだろうことは容易に想像がつく。気弱な浩一のことだ。婚家から離婚を命じられたら、とても抵抗できないだろう。

しばらく、重苦しい空気の中、沈黙が続いた。

浩一夫妻がお互いに目配せし合っている。何か言いたいらしい。愛美が何度か浩一の膝をつつくと、遂に浩一が口を開いた。

「それで、親父に、折り入って頼みたいんだ」

「何だ。俺にできることかな？」

「もちろん、親父ならできると思う。というか、親父にしかできないんだ」

「お前たち夫婦を助けるためなら、何でもするつもりだが、俺が頑張ったところで愛美さんが妊娠するはずもないからな……」

「いや、違うんだ。親父が頑張ってくれれば、愛美は妊娠できるんだ」

「エッ……？」

浩輔は絶句した。それから恐る恐る口を開いた。

「ひょっとして、それって、俺に愛美さんを妊娠させてくれ、ということか？」

「はい。あたしたちを助けると思って、あたしを抱いてください」

「ほ、ほんとうに俺でいいのか？」

「はい。お義父様しかいないんです」

浩一の無精子症が分かったところで、何とか愛美が妊娠する手立てはないものかと、医師に相談したところ、精子バンクを使って体外受精するか、浩一以外の男とセックスするしかない、とあっさりと言われたらしい。

「でもあたしは、浩一さんの子どもが欲しいんです。そんなどこの馬の骨か分からないような男の精子を入れて受精するなんて真っ平御免です。でも、浩一さんの子供はもう無理ですから、浩一さんの遺伝子と一番近い遺伝子をお持ちのお義父様の精子を使えば、浩一さんの遺伝子を受け継ぐ子供ができるだろうと考えたんです」

確かに、浩一から見れば自分の弟か妹を、自分の子供として育てるのだ。第三者の子供を育てるよりずっと肉親の情が湧くだろう。

「おい、浩一、ほんとうにいいのか。自分の一番大切な人を親父が抱くんだぞ。本当に我慢できるのか？」

「うん」

眼を瞑って、決心したように頷いた。

「僕も、親父と愛美の子だったら、愛せると思うんだ。だから、親父、必ず愛美を孕ませてください。お願いします」

浩輔にとって愛美は苦手な嫁ではあったが、美人には違いないし、自分に抱かれることによって、もっと親しみやすい嫁になってくれるなら、それに越したことはない。

それでも今ここで決断するのは重たく、二人には一晩待ってもらうことにした。

浩輔は、早速あいりと佐緒里に相談した。あいりには絶対反対されるだろうと思っての相談だったが、思いがけず、二人とも大賛成だった。

「それは、人助けですよね。是非やるべきですよ。それに浩一さんのためにもなるんですから」

あいりに電話して話をすると、言下にその答えが返ってきた。

佐緒里はもっと直截《ちょくせつ》だった。

「お義父様、是非受けてください。そして愛美さんを鍋倉家の嫁として、しっかり躾《しつ》けましょう。お義父様のおち×ちんで躾ければ、愛美さんも変わりますよ」

「そうかな……？」

「大丈夫ですよ。愛美さんみたいな子って、案外どMが多いんですよ。あたし、何でもお手伝いしますから」

二人が賛成してくれるなら、浩輔は望むところだ。翌日ビデオ電話で連絡する。並んだ浩一夫妻に対して言った。

「昨日の話、受けることにした。ただし、条件がひとつある。愛美さんは、鍋倉家では嫁として、僕の指示に従って貰いたいんだ。それでよければ、うちに来てもらってもいい」

「それはもちろんです」

「ベッドの中だけじゃないぞ」

「はい、お義父様の家では、嫁として、しっかりお義父様にお仕えします」

それからいろいろ打ち合わせた結果、愛美は危険日の前後一週間ほどこの家に泊り、苺の収穫の手伝いをしながら、夜ごとセックスすることになった。

苺の収穫は、そろそろピークに近づいている。あいりは今週から手伝いに入っている。ここに愛美が手伝いに入れば、浩輔と佐緒里、あいり、愛美と四人体制になって、パートさんは頼まなくても回りそうだ。浩輔にとってはそれが嬉しい。

予定通り愛美が訪ねてきた。

「お義姉《ねえ》さん、よくいらっしゃいました」

佐緒里はまるで自分の家であるかのように、愛美を迎え入れた。

佐緒里は、愛美を昔、浩一が使っていた部屋に案内して荷解きをさせると、エプロンだけ持たせて、座敷に戻った。

二人並んで座っているところに、浩輔が入っていく。

「愛美さん、よく来たね」

「お義父様、不束者《ふつつかもの》ですが、どうぞよろしくお願いします」

にこやかな表情を見せる浩輔に、愛美が三つ指をついた。

流石《さすが》に名家のお嬢様である。形が決まってひとつの乱れもない。色白で能面のような美貌が冷たさを感じるが、ちょっと見かけないレベルの美人だ。その完璧さに白々《しらじら》しさを感じるほどだ。

(この白々しい顔を、俺の逸物で自分好みに変えてやる)

その秘めた気持ちを新たにしながら、にこやかに言う。

「この家では、嫁は僕に仕えてもらうから、名前に敬称は付けないことにしているが、それでいいかな？」

「はい、もちろんです」

「この家のことは、佐緒里がよく知っているから、佐緒里の言うことをきいていれば間違いないよ」

浩輔はそう言って佐緒里を見ると、佐緒里が早速口を開いた。

「お義姉様、鍋倉家では、嫁は、お義父様の命令には絶対服従です。もちろん、あたしもそうしています。そうですよね、お義父様」

「そ、まあそうだな……」

もちろん、そんな決まりはない。佐緒里は浩輔に尽くしてくれているが、浩輔は佐緒里にお願いはしても、一度だって命令などしたことはない。佐緒里が、浩輔の様子を見ながら、浩輔が気に入るようにやってくれているだけだ。

「お義姉様も、あたしと同じようにお義父様にお仕えすることでよろしいですね」

佐緒里はいつも浩輔に向ける甘い笑顔とは全く違った凛とした声で、愛美に切り口上で言った。

「お義父様、愛美は精一杯お義父様のお気に召すようお仕えしますので、何卒よろしくお願いします」

孕ませてもらうまでは、浩輔の機嫌を損ねるわけにはいかないと思っているのだろう。愛美は従順だった。しかし、その能面のような表情が変わらないのが、ちょっと気になる。

(佐緒里は、愛美がどMって言っていたけど、本当かな……？)

浩輔は、半信半疑で愛美の覚悟を試すことにした。

「佐緒里、うちの嫁たるもの、私にはすべてを見せるのは当然だな」

「はい、お義父様、仰る通りです」

「愛美、お前はどう思う」

「は、はい。そ、そう思います」

愛美はちょっとだけ表情が変化した。これが不安な表情なのだろう。変化は乏しいが、よく見ると、心配が透けて見える。

「では、今ここで、裸になって、私に全てを確認させなさい」

「ここでって、佐緒里さんのいる前で、ですか？」

「もちろんそうだよ」

「ちょ、ちょっとそれは……」

愛美は浩輔に抱かれにやってきたのだから、浩輔に裸を見せる覚悟はできているだろう。しかし、まだ明るい時間に、義妹の前で裸にされるとは思ってもいなかったに違いない。

「愛美は、私の嫁になる覚悟が足りないな。愛美がほんとう抱きたいほどの女かどうかは、舅の私が点検する権利があると思うが。裸を見なければ、それは分からない。佐緒里もそう思うだろう？」

「はい、お義父様」

佐緒里は澄まして答えるが、愛美はそういうわけにはいかない。

「ああっ、そんな、品物を扱うみたいに、仰らないでください」

控えめに抗議する。

「しかし、それではわしの嫁として失格だな。佐緒里は、私が裸になれ、と命じられればどこでも裸になれるよな」

佐緒里は、「えっ、私にそう振るの！」という顔をしたが、すぐに覚悟を決めたようで、

「はい、この家では、お義父様の命令には絶対服従ですから」

澄まして答えた。

「では、全裸になるんだ」

「お義姉様のような美人に見せられる裸ではありませんが、失礼します」

そう言って、愛美に一礼すると、何の躊躇もなく脱ぎ始める。その潔さに、愛美は声も出ない。

佐緒里はあっという間にブラジャーとショーツ姿になった。毎日見ているが、何度見ても素晴らしい胸の谷間だ。

佐緒里はブラジャーのホックを外した。重たげな乳房が沈み、自分から剝ぎ取ると、自慢のH乳と大きな乳首が露わになる。

愛美は驚きの表情で見ている。

佐緒里は愛美の視線を意識しながらも、最後の一枚もすんなり脱ぎ、畳んで脇に置いた。

「お義父様、ご命令通り、全裸になりました」

「よし。さすがに佐緒里だ。この家での嫁の在り方をわきまえている。愛美は、弟嫁が裸になっているのに、自分だけは服を着たままか……？　子種はいらないのかな……」

浩輔は眼力を込めて愛美の顔を見る。全裸の佐緒里も愛美を見つめている。

睨みつけられるような二人の視線に愛美は耐えられなくなった。目を伏せた。表情の変化は乏しいが、声は震えている。

「ああっ、は、恥ずかしいけど、脱ぎます」

ワンピース姿の美嫁は、浩輔と全裸の佐緒里が並んで座る前に立った。手が背中の、ファスナーに触れるが、下げられない。

「お義姉様、あたしがお手伝いしますわ」

すっと立ち上がった佐緒里は、一気に愛美のファスナーを下ろす。

「さあ、お義姉様」

佐緒里は声掛けしながらワンピースを肩脱ぎさせ、すぐに下着姿にする。続けてスリップを脱がせ、パンストのゴムに手を掛ける。

「あっ、も、もう……じ、自分でやります」

愛美は諦めたようにパンストを脱ぎ、ブラジャーとショーツ姿になった。素晴らしいプロポーションが露わになる。

「ああっ、お義姉様、凄く綺麗。なんか羨ましくなる」

「何を仰いますか。佐緒里さんだって、素晴らしいプロポーションなんだから」

「お義姉様のヌード、あたしも是非見たいわ。早くお脱ぎになって……」

佐緒里は義姉のブラジャーのホックをさっと外すと、問答無用と言わんばかりに剝ぎ取った。

「ああっ、イヤッ」

愛美は恥ずかし気に両腕で乳房を隠す。

「愛美、見せてくれるよね」

「は、はい」

浩輔の言葉には逆らえないと思ったのか、ゆっくり手を下ろす。

「おおっ」

予想以上の美巨乳が息づいていた。

Hカップの佐緒里のような爆乳ではないが、十分Fはあるだろう。ウェストの括《くび》れから盛り上がり、こんもりとコニーデ型に盛り上がった乳房は、愛美が深窓の令嬢だったことを思わせる品の良さだ。

「ショーツも脱ぎなさい」

若い男のようで恥ずかしかったが、浩輔は思わず前のめりになってしまう。

「ああっ、恥ずかしいです」

確かにMなのかもしれない。諦めたのか、長男の嫁は真っ赤になりながらもショーツを脱ぎ下ろした。

「お義姉さんってほんとうに綺麗ですね」

感心したように佐緒里が言った。

確かに、すっと立った愛美のヌードは綺麗だった。背丈《せたけ》は中背だが、どこのバランスもぴったりと揃っている。足はすらっと長く尻の位置が高い。スリムなのだが腰の重量感はしっかりありあり、そこからウェストへの括れの角度、乳房への膨らみ方、まさに、完璧と言うにふさわしい。

その上冷たい美貌まで揃うと、完璧すぎて、汚したい気持ちが沸々《ふつふつ》と湧いてしまう。

「オマ×コを広げて見せなさい」

座卓に上がらせる。

佐緒里のエスコートで座卓に上がった愛美は、体育すわりをしたが、さすがに足を開こうとはしない。

「ああっ、やっぱり広げなければいけませんか？」

「あたしがお手本を示しますから、お義姉様も一緒にお義父様に見てもらいましょうよ」

佐緒里が愛美に並んで座った。

「お義姉様。膝の間をぐいと広げましょう」

佐緒里は自分の膝に両手をあてると、ぐいと広げて見せた。女の中心がさらけ出される。

佐緒里も真っ赤になっている。恥ずかしいのだ。しかし、義父のためと思って積極的に振舞ってくれている。浩輔はその気持ちが嬉しい。

「おおいいぞ、佐緒里の綺麗なオマ×コがよく見える」

「こうやると、お義父様はあんなに悦んでくださいます。お義姉様もやりましょうよ」

弟嫁の身体を張った手本に、愛美はもう拒否できない。

「は、はい」

愛美は両膝に手を当てて股を開いていく。もちろん、こんなことをしたのは初めてだろう。唇を噛《か》みしめて俯き加減で広げている様子を見ると、相当恥ずかしそうだ。

膝が震えている。それでも佐緒里に負けられないと思うのか、必死に閉じないように努力している。

浩輔は中を覗き込んだ。ヘアは薄い方だろう。ヘアの何もないところに、女の中心が顔を覗かせている。浩一とはセックスを定期的にしていたようだが、その割には使い込まれている感じがしない。

「愛美、自分の指で、オマ×コを開いて、中を見せるんだ」

「ああっ、恥ずかしい……？」

どMというのは、本当かもしれない。愛美は全身が真っ赤に染まっていたが、もう躊躇することなく人差し指と中指で陰唇を開いていく。中のサーモンピンクが、浩輔の眼を射る。

見られているのが興奮を呼ぶのか、しっとりと湿り始めている。とはいえ、その興奮はまだ慎ましやかだ。隣の佐緒里は、義姉と同じ格好をしていたが、既にぐっしょり濡れていた。

（愛美をもっと濡らすのが先だな……）

ペッティングを開始すれば変わるだろう。しかし、こんなに緊張していると、浩輔の愛撫に反応できないかもしれない。

浩輔は愛美に自分のズボンを脱がせるように命じた。白ブリーフの中心はすっかり盛り上がり、先っぽから零れ始めた液体が、ブリーフを濡らしている。

「私の股間を触ってみなさい」

どう答えてよいか分からなかったのか、愛美は薄ら笑いを浮かべながら、おずおずと手を股間に伸ばしてきた。表面を撫でる。

「どうだ、舅の股間は？」

「は、はい、ごつごつしていて、熱いです」

「愛美は次に何をしたい？」

上目遣いで、浩輔を見ると、恥ずかし気に言葉を発した。

「これ、見てもいいですか」

ブリーフの上から肉棒を押さえた。愛美の眼が淫蕩に光り始めている。

「もちろんだ。これから自分の中に入れていただく、自分の舅の持ち物を確認するんだ」

「はい」

愛美はちょっとじれったそうにブリーフを下に押し下げる。

浩輔自慢の逸物がピョンと愛美の顔の前に飛び出した。

「ああっ！」

愛美が驚きとも感動とも分からない声を上げた。

「どうだ、舅のおち×ちんは……？」

愛美はおずおずと浩輔の逸物に手を伸ばしてくる。

「こ、こんなに大きいんですか？」

「浩一のはこんなに大きくはないのか」

「は、はい」

愛美はそう答えながら、舅の肉棒をゆっくり擦り始める。

「それに、硬いです。こんなに違うなんて……」

浩一は無精子症だけあって、どうもペニスも貧弱らしい。浩史の肉刀は温泉などに一緒に入った時に見ていて、浩輔と同じぐらいの大きさだったという覚えがあるが、確かに、浩一とはそんな比較をしたことがない。

単純に親子だから似たような肉棒の持ち主だろうと考えていたが、浩輔と浩一とでは全然違うようだ。

「こ、怖いかも……」

呟く愛美を佐緒里が励ました。

「怖がる必要なんか、ありませんよ。お義父様のおち×ちん、確かに大きい方ですけど、これぐらい、女なら誰だって受け入れられます」

「大丈夫なの？　あたし、浩一さん以外、男の人のおち×ちんって、見たことがないから……」

「お義姉さん、ひょっとして、結婚まで処女だったとか？」

「佐緒里さん。そ、それは……、あたしの知っている男の人は浩一さんだけですから

うだ。

……」

要するに、愛美は、浩一以外とセックスの経験はなく、浩輔の逸物を見て驚いたよ

佐緒里はすかさずフォローする。

「だったら、お義父様のおち×ちんがどれだけのものか、手だけでなく、おっぱいやお口で確認したらどうかしら……」

「は、はい……」

愛美は手筒を動かすだけで、それ以上のことはしない。

「お義姉さん、ひょっとしてお義兄さんのおち×ちんをフェラしたことないとか……」

「あんまり……」

そう言って、長男の嫁は俯いた。

どうも、愛美は思った以上にウブらしい。

「だったら、お義父様のおち×ちんをおしゃぶりしてみるべきよ。女がフェラチオする悦びを感じさせてくれるおち×ちんだから……」

「それって、ひょっとして佐緒里さんも……」

「もちろんよ。だって、嫁がお義父様のおち×ちんをおしゃぶりしてお掃除するのは、

嫁の義務でしょ……」

もちろん、そんな義務はどこにもないが、佐緒里は当然のように澄まして言った。

佐緒里がふすまを開けた。隣の和室には夜具が敷かれている。

「もう、お布団が……」

「だって、お義姉様。お義父様に抱かれにいらしたんでしょう。だから、先に用意させていただきました」

三人が夜具の上に移動し、浩輔も佐緒里の手伝いで全裸になると、愛美の前に胡坐をかいて座った。腰の間から、逸物が直立する。

「さあ、お義姉様、嫁の義務ですよ」

佐緒里が、愛美を浩輔の前に座らせる。

「分かりました。お義父様、失礼します」

愛美が頭を浩輔の股間に寄せると、膝を着いて腰を上げる。愛美の美しい曲線がよく見える。

愛美は薄い唇を開いた。中からピンク色の舌が伸び、赤黒い亀頭をひと舐めする。

美人嫁に舐められた逸物はピクリと律動する。

「ああっ、生きているみたいです……」

そう言うと愛美は、伸ばした舌を動かしながら、肉茎も舐め始める。確かに流暢《りゅうちょう》な舌捌きではないが、だんだん熱が帯び始める。

「なかなか上手だよ」

浩輔は褒めるが、弟嫁はなかなか厳しい。

「もっとお口を大きく開いて、喉の奥まで送り込むのよ。お義姉様、できますよね」

頷いた愛美は、大きく息を吸い込んで、「ああっ、お義父様の臭いがする……」と言いながら亀頭を口の中に送り込むと、きゅっと締め付けてきた。

「おおっ、なかなか……、気持ちいいな……」

愛美は、舅のその言葉に反応するように舌を小刻みに動かし始める。

小顔が巨根を含み、見上げる顔が崩れている。完璧な能面が崩れ始めて、今まで感じられなかったいやらしさが滲《にじ》み始める。

「もっと、もっと、シュポシュポ、やってくれ」

愛美は顔を前後に動かし始める。

小さい唇が引き裂かれそうな野太い逸物を、長男の嫁は、一心不乱にしゃぶり始める。

口腔内もそんなに大きくないのかもしれない。愛美が動くたびに、口腔粘膜が亀頭のエラに擦りついて、快感が盛り上がる。

「んんん……、う、ううん、……、んんっ」

愛美のフェラチオはあいりや佐緒里と比べれば、まだまだぎこちない。

しかし、義父を悦ばせようと、鼻を鳴らし、粘着音を響かせながら一心不乱に行う口唇愛撫は感動的だ。開き切った唇と肉竿の間から涎が零れても、それを気にしないで頭を動かす様子。美人なだけにそのギャップが嬉しい。

「おおおおっ……。愛美、き、気持ちいいよっ……」

浩輔の巨根は、愛美のおちょぼ口には入りきれぬが、それでも必死に喉奥まで送り込んで、前後に頭を動かしている。

愛美のフェラチオはどんどん熱がこもってくる。今日この家に入って来たとき感じた冷たさがだんだん薄れている。

限界まで張りつめた亀頭に舌が生き物のように絡みつき、唾液が塗され、ピチャピチャとくぐもった音が口許から聞こえてくる。

(愛美は、間違いなくエッチ好きのどMだな……)

「お義姉様、タマタマも舐めてあげてくださいね」

愛美は義妹の指示にも従順に従っている。

肉棒を口から吐き出すと、睾丸を口に咥え、またたっぷりと唾液を塗し始める。

「おおおっ、いいっ、そこっ……」

ある程度の圧迫が、浩輔の下半身にジンとした痺れをもたらす。

舅の悦びの声に、舌の動きの積極性が増す。

不慣れだった舌の動きが、浩輔の声に後押しされるようにどんどん上手くなっていく。

「佐緒里、愛美を気持ちよくしてあげて」

その指示に、佐緒里は愛美の後ろに廻った。浩輔と、悪戯っぽい目で目配せする。

開き加減の尻朶に顔を寄せ、後ろから女の中心に舌を伸ばしていく。

「ああっ、ダメッ、佐緒里さん……」

「いいんだよ、愛美は佐緒里の口で気持ち良くなって……。でも、私のチ×ポへのサービスを忘れてはいかんぞ……」

「あああっ、そんな……」

「お義姉様のオマ×コ。すっかり熱くなっていますわ……。お義父様のおち×ちんを舐めると、こうなってしまいますよね……」

「あああっ、恥ずかしい」

弟嫁の指摘に、愛美はかぶりを振る。

佐緒里が、愛美の愛液を啜り上げる。

「あっ、あっ、あっ……」

「愛美、口がおろそかになっているぞ……」

「ああっ、だって……」

そう言いながらも、浩輔の指示には逆らえないと思ったか、必死に肉棒を飲み込んでくる。期せずして喉奥までのディープスロートになった。亀頭が喉奥に接触する。

愛美はえずきそうになるのを堪《こら》えながら、逸物を口蓋と舌とで挟むようにして締め付けてくる。

「おおっ、その調子だ。凄く気持ちいいよっ」

必死で顔を動かさないと佐緒里の愛撫に負けてしまうと思うのか、前後の顔の動きが激しくなり、擦過音《さっかおん》が座敷の中に響き渡る。

「うんちゅ、ぐちゅ、ジュルッ、ジュルッ、ジュルッ……」

一方で、佐緒里の愛撫も激しさを増している。顔を義姉の尻に押し付けて、舌で女穴の中をかき回しているようだ。愛美の尻がぶるぶると痙攣している。快感に耐えながら義父の肉棒に奉仕する様子は、唯しゃぶられている以上の興奮を浩輔にもたらしている。

佐緒里にフェラチオされながら、口中発射《ごっくん》させたり、顔射したりするのは日課だったが、この三日間、今日のために射精は自粛していた。その分、限界が早く訪れた。しかし、今日は愛美を孕ませるのが目的だ。中出し以外はあり得ない。

「ああっ、愛美、フェラはもういいよっ。佐緒里のサービスももう終わりだ」

佐緒里は、すぐその指示に従って、愛美の股間から顔を上げたが、愛美は舌の動きを止めない。

浩輔は、下唇を嚙みしめ、必死に射精欲求を抑える。

愛美の顔の下を覗き込んでやると、膝立ちの肉体の前で、美しい乳房が踊っている。乳首が屹立していた。フェラチオとクンニリングスで、愛美も性感を昂らせている。

浩輔は、手を伸ばして、乳房をむんずとつかみ、乳首をひねりつぶす。

さすがにこれは痛かったようだ。愛美は思わず肉棒を吐き出した。

「ああん、お義父さまったら……。もっとおしゃぶりしたかったのに……」

愛美の眼が淫蕩に蕩けている。さっきのあの冷たい表情はどこかに飛んでいっていた。

「ありがとう、愛美。とても気持ち良くて、お口の中に出そうだったよ……」

「ご、ごめんなさい。なんか、あたし夢中になっちゃって……」

愛美も今日の目的を思い出したようだ。

「お義姉様、でもお義姉様が夢中になる気持ち、よくわかりますわ。お義父様のおち×ちん、ほんとうに素敵ですもの」

「そうなの。おしゃぶりしていると、お口の中でどんどん膨れて硬くなって、おしゃぶりするのが辛くなってくるんだけど、でもそれがまた良くて、止めたくなくなります」

愛美の感想に、佐緒里が嬉しそうに答える。

「お義姉様もお義父様のおち×ちんの虜《とりこ》ね」

もう寒い時期なのに、愛美の額にはうっすら汗が浮いていた。それだけ熱心にしゃぶってくれたのだ。それが浩輔には嬉しい。

浩輔がタオルを取ると、額を軽く拭《ぬぐ》ってやった。

「そ、そんなこと自分でします」

「愛美、気にしないで。愛美が素晴らしい嫁だということが分かって、私は嬉しいんだ」

そう言いながら、浩輔は愛美を抱きしめる。中肉中背の柔らかい身体が気持ちいい。

「愛美、凄く綺麗だよ」

「あぁっ、お義父様に、そう言って頂けて、愛美、嬉しいですぅ」

隣で佐緒里が羨ましそうに見ている。

考えてみると、裸の佐緒里を抱きしめたことはない。毎日乳房やお股で身体を洗ってもらっているが、いつも受け身で、抱きつかれることはあっても、自分から佐緒里を抱きしめてやったことはない。

そんな佐緒里を尻目に、愛美の唇を求める。

愛美は佐緒里のように浩輔の唇を拒否することはない。むしろ、唇同士が接触すると、積極的に舌を伸ばしてきた。今まで、自分の肉棒の周りを徘徊《はいかい》していた舌が、今度は浩輔の口の中にある。

熱いディープキスに、佐緒里はもう手伝わなくても大丈夫だと思ったのか、そうっと部屋を出ていく。

舌同士を絡ませながら、浩輔は指を早速股間に向かわせた。さっき、佐緒里によってたっぷり愛撫されていた股間だ。

薄い縮れ毛の下まで指を伸ばすと、そこは熱湯の洪水だった。

「したい？」

愛美の耳元で囁く。

「ああん、あっ」

嫁の舌を強く吸い上げながら、肉土手をゆっくり擦る。それが愛美にとっては気持ちが良いようだ。

「あはん」

よがり声を零しながら、腰をくねらせる。

指先を少しずつ中に進めて肉芽を捉える。ほとんど小豆《あずき》のような慎ましやかな肉豆だ。

そこを小指の先で軽く擽る。

「ああっ、お義父さまぁ……」

ねっとりとした悦声が、いつもの冷静な愛美の声とは様変わりだ。

そこがポイントと見て取った舅は、肉豆を集中的に攻撃する。とはいえ、ソフトタッチを変えることはない。刺激の蓄積が女を淫らにする。今日の愛美の変化を見ていれば、愛美にはそれが一番効くに違いない。

狙いは的中した。

「ああっ、お義父さまっ、愛美、ああっ、変になってきますぅ。ああっ、こ、こんなになるなんてぇ……」

「それでいいんだよ。気持ち良くなって、精液が欲しいって本能が思わない限り、妊娠するわけがないだろう」

「でも、セックスがこんなに気持ちいいなんて……」

「おいおい、愛美はまだセックスしていないよ。まだ前戯をしているだけだ。妊娠できるセックスにするためには、もっと気持ち良くならなきゃ……」

こんな美人なのに、愛美のセックスライフは、思った以上に貧しいものだったようだ。セックスには愛美の知らない素晴らしい世界があることをしっかり教えてから、種付けをしてやりたい。

浩輔は愛美に股間を大きく広げさせた。その間に頭を入れていく。女の中心をしっかり視認してその中心を二本指で、クイと広げ、真っ赤な肉襞を露出させる。

肉襞は十分濡れそぼっていて、浩輔の巨根と雖《いえど》も受け入れ準備ＯＫだ。しかし、浩輔は肉棒ではなく、自分の舌をそこに持っていく。さっきは佐緒里にさせたクンニだが、今度は自分で味わう。

「ああっ、あああああーっ」

舌が肉ビラに接触すると、長男の嫁は何とも言えない声を上げた。

浩輔はその声を聞きながら、割れ目に沿って舌を動かし、中身を啜り上げる。溜まっていた熱い愛液が口に広がり、微《かす》かな酸臭がする。

「お義父さまぁ……」

「愛美の本気汁。一回で綺麗になるかと思ったら、また出てきたよ」

「ああっ、だって、お義父様が、こんなに優しく愛してくださるから……」

「そうか、じゃあ、もっと頑張らなきゃな……」

舌先を固くして、中を探るように動かしていく。

「あひぃ、あっ、あっ、あっ……」

甘いよがり声が、舅の興奮を促進する。

浩輔は、舌と指で肉襞の中を探りながら、愛液の分泌を促す。気持ち良くなった愛美は腰を浮かせ、浩輔の頭を振り飛ばそうとする。

「ああっ、あっ、ダメぇーっ」

浩輔はその動きをがっちり押さえ込み、淫裂の中により深く舌を差し入れて念入りに舐め、更にはクリトリスにも舌先で刺激を与える。

「おう、おおっ、ダメぇ……、イクぅ……」

愛美は浩輔の舌愛撫で、あっという間に天国に昇りつめる。

浩輔は嫁のアクメを感じながらも攻撃の手を休めない。クリトリスへの愛撫はできるだけソフトに、と意識しているが、ここまで乱れられると、少しずつ力が籠ってしまう。

一度波が収まった身体が、また震えを起こす。

「あああっ、お義父さまぁ……、またっ、また来るぅ……。あっ、あっ、イッちゃう……」

よがり声がやまない。それと同時に蜜壺から分泌される愛液の量がどんどん増していく。

愛液の酸味がかった芳香が、男の本能を更に刺激する。浩輔は、尖った舌を擦りつけ、吸い取らずにはいられない。

「あっ、イクっ、イクッ、イクーーーーうっ」

最後は激しいアクメだった。甲高い声を上げて背中をそらし、身体を大きく弾《はず》ませた。さっきは押さえ込めた浩輔だったが、今度はその激しさについていけない。

浩輔が跳ね飛ばされるように顔を上げたところに、愛美の股間から透明の液体が飛び出し、浩輔の顔を直撃した。

「あっ」

予想していなかった潮吹きに、浩輔は思わず声を上げる。

「えっ、あ、あたし、お、おしっこ……。あっ、いやだっ、ご、ごめんなさいっ、お義父様の顔におしっこをかけるなんて……」

愛美は驚きと恥ずかしさとで、両手で顔を隠してイヤイヤする。

その様子が、美貌の愛美には似合わない可愛さで、浩輔は思わず笑ってしまった。

「ウフフフ」

「わ、笑わないでください。恥ずかしいんですから……」

しかし、愛美は腰が抜けたようになって、寝返りも打てない。

「恥ずかしくないよ。愛美は潮吹き体質だったんだ……」

「何ですか？　潮吹き体質って？」

「今、愛美がしたことだよ。エッチしていて、気持ち良くなると、特に感度の良い女は潮を吹くんだよ」

「ええーっ。そんなの知らない」

「浩一とセックスしていて、こんな風になったことないの？」

「そ、そんなのありません……」

愛美は怒ったように言った。

(浩一は何をやっているんだ……)

浩輔は特別激しい愛撫をしたつもりはない。それなのに、愛美は敏感に反応してくれた。しかし、愛美は自分の潮吹き体質に気が付いていなかった。

(こんな美しい自分の妻の身体を開発できないなんて……)

長男の不甲斐なさに怒りを覚えずにはいられない。

「ほ、ほんとうに、恥ずかしくないことなんですね」

「もちろんだよ。私は愛美がこんなに感度のよい女だったことに感謝したいよ」

「ああっ、お義父様だからですぅ……」

愛美の潮吹きの興奮で、浩輔の逸物もより禍々《まがまが》しくなっている。今なら、嫁を孕ませる可能性も高まるだろう。

浩輔は嫁の膣口に切っ先を宛がった。

「妊娠させるつもりで頑張るからね」

「ああっ、よろしくお願いします」

浩輔は愛美の顔を見下ろす。美人であることに変わりはないが、冷たさが切なさに変わっている。嫁の期待に気持ちが昂る。

浩輔は嫁の中にゆっくりと逸物を送り込んでいく。

経験が浩一ひとりだけというだけあって、そこは十分狭かった。亀頭が陰唇を押し開き、少しずつ、中に沈み込んでいく。

「あああっ、男の人って、こ、こんななんですね……」

狭隘《きょうあい》な膣道に浩輔の逸物は太すぎるほどだ。

半分ほど進んだところで、一旦動きを止める。

「どうだ。舅とのセックスは……」

「あああっ、お義父様のものって本当に太いんですね……。ああっ、こんな感じになるなんて……」

「痛くない？」

「痛くはないですけど……、でも中が、全部お義父様のもので、内側からぎゅうぎゅうに押し広げられている感じで……、ああっ、変になりそうです」

「浩一とは全然違うか？」

「そ、そんなこと、い、言えません」

まさか、夫よりもいいとは言えないだろうが、ちょっと拗ねて見せるその様子は、夫のモノより舅の逸物の方が段違いだと言っているのと同じだった。

「一番奥までいくよっ」

浩輔は膝を一歩前に進め、嫁に体重をかける。両手は愛美の美乳に宛がい、ぎゅっと絞り込むようにしながら、腰を入れていく。

「あああっ、お義父さまぁ……」

愛美の叫びとともに、浩輔の先端は、愛美の子宮口まで達した。

「一番奥まで入ったよ。いっぱいになるとどう？」

「あっ、き、気持ちいいですぅ……」

愛美の蜜襞が浩輔をぎゅうぎゅう締めている。経験が少ないせいか、締めるきつさも尋常ではない。それも単にきついだけではなく、濡れた襞肉が一斉に蠢《うごめ》いて、柔らかく肉幹にまとわりついてくるのだ。

顔も美形だが、蜜壺も極上だ。ごつごつした逸物を締め付ける柔らかい圧力が、浩輔の興奮を更に高めてくれる。

浩輔は愛美の背中に腕を入れ、そのまま抱き上げるようにして唇を求めていく。

一番奥に肉棒が入ったまま、ディープキスが再開された。セックスをしながらのキスは、愛美の興奮を更に呼び覚まし、先ほどのキスより激しさを増す。

「あああっ、なんて凄いの……。エッチをしながらのキスって、あああっ、気持ちいいっ」

セックスの悦びを知らなかった若妻が開眼したようだ。身体を開発するのは、自分の仕事だと、浩輔はキスをしながら考えている。

自然と腰が動き始める。明確なピストン運動ではなく、円を描くような行為だが、それだけで、愛美の膣肉は悦びを伝え、まとわりつく媚肉の襞がざわめくように震える。

「ああっ、な、何か……、あ、あ、あっ、変……。ああっ、気持ちいいの……」

気持ち良さが後から来たようだ。愛美は自分も浩輔の背中に腕を伸ばした。より密着を深めて、舅を感じようとしている。

愛美の腰も無意識のうちに淫靡に動き始める。それに対応するように、浩輔の動きは愛美にシンクロさせる。

「ああっ、お義父様の腰の動きが……」

「止めた方がいいかい」

「ち、違います。ああっ、遠慮なく動いてください……」

「愛美はスケベな嫁だな。舅にもっと気持ちよくしてって、要求するんだからな」

「ああっ、そんなことはありません……」

「でも愛美のスケベな求めには応えないとな……」

浩輔は腰の動きをだんだん激しくしていく。セオリー通り、五浅一深のタイミングで、ピストンを使うと、それだけで愛美の喘ぎ声が熱くなる。

「あぁっ、お義父様のおち×ちんがぁ……、愛美の中を……、行き来してるのぉぉぉ、あああん、気持ち良すぎるぅぅぅ」

喘いでいるのは性器だけではなかった。白磁のような白い肌がほんのり赤く染まって、震えも出始めている。

愛美は確かに感じている。それが嬉しくて、浩輔の腰の動きは少しずつ速まっていく。見込まれてしている子作りだ。最高の気持ち良さで、受精させたい。

「あああっ、お義父さまぁ……っ。あたしだけ、こんなに気持ちよくさせてくれるなんて……」

「愛美だけじゃないよ。お義父さんも凄く気持ちいい。嫁がこんな気持ちのいいオマ×コの持ち主で、幸せだよ」

「あぁっ、もっと、もっと、気持ちよくしていただけるんですね」

「もちろんだよ。そうして種付けしなければ、いい子は生まれないからね」

腰の抽送を激しくしていく。

「ああっ、何なの……っ、ああっ、ああっ……」

愛美はよがり声を上げながら、しがみついてくる。

ペニスの抜き差しに合わせて、膣道の肉襞が蠕動運動を起こして肉棒を刺激する。

浩輔がイカせるつもりが、返り討ちに遭《あ》いそうな快感だ。

「ああっ、愛美、ああっ、またイク……ぅ」

「お義父さんも同じだよ」

射精感が膨れ上がる。それに急《せ》かされるように、更にピストンの動きが速まる。

ひとりでに閉じようとする膣肉を切り開いていく感触がたまらない。締まり具合と蜜壺の絡まりのバランスがもうこれ以上ないほど素晴らしい。

浩輔は急激に射精感が高まっていた。

「そろそろ出すよっ！」

その言葉に一滴《いってき》たりとも零せないと思うのか、あいりは両足を浩輔の両足に絡め、腕の密着ももう一段強くした。

「ああっ、お義父様、くださいっ……」

「愛美、私の一番濃いやつをたっぷり注ぎ込んでやる。覚悟しろよ」

「はい、お義父様」

よほど中出しが嬉しい様子だ。

本気の抽送を再開させる。動きが荒々しくなり、布団がずれ始める。

「ああっ、お義父様ぁ……っ、激しいのが、気持ちいいのっ……、子宮にずんずん響くのぉ、あああっ、イクぅ、イクぅ、あああ……っ」

突き上げるたびに潮が吹きあがる。シーツがびしょ濡れになり、布団まで染みそうだ。部屋の温度がどんどん上がる。

「ああっ、出るぅ」

浩輔も限界だった。嫁の中で逸物が更に一段膨れた。精巣から精液が送り出される。

「もっと、もっとぉ……」

嫁の要求は激しい。愛美は身体を痙攣させながらも、更に激しい快感を求めて膣を締め付けてくる。

「ああっ」

浩輔が声を上げた。それと同時に、媚肉の中では噴出が始まる。根元まで挿入した状態で、ペニスが跳ね回ろうと動く。

中で受け止めた蜜襞は、反射的に肉茎を締めあげる。残った精液が搾り出される。

「ああっ、凄いっ、お義父さまぁ……。お義父様の精液がたっぷり出て、子宮にぶつかって熱いのぉ……。あああっ、あああああっ、ああああああああっ」

最高の噴出だった。浩輔の子種が愛美の子宮を白く染めた。タイミングさえ間違っていなければ絶対に孕ませられたと、浩輔は自信をもって感じた。

浩輔は腰を動かしながら、嫁の中の余韻を楽しむ。

「ああっ、ありがとうございます」

まだペニスは嫁の中にあった。愛美の心からのお礼に、浩輔の逸物は悦び震えている。

第六章　嫁たちとの乱れた交わり

結局、愛美は一週間滞在し、昼間は苺の摘み取りの手伝い、夜は浩輔との子作りという生活を送った。一週間に五回、浩輔から濃い精液を受けたが、もちろんこれで本当に妊娠できたかどうかは分からない。

ただ、ひとつ言えることは愛美が変わったことだ。一皮剝けた雰囲気になった。浩輔に抱かれる前は、深窓の令嬢という感じが強くて、どこか陰のあるお嬢様風美女だったが、抱かれることで表情も明るくなり、美しさが輝くようになったのだ。

行動も積極的になったし、佐緒里ともすっかり打ち解けた。

自分の性的欲求を、あけすけに示すようになったのが、浩輔には嬉しい。

言ってみれば下品になったということだが、お高く留まっているよりずっといい。

愛美は今後も、妊娠が判明するまで、毎月浩輔の家に滞在することになっている。三週間後の再会を約束して、愛美は帰っていった。

十二月になった。

浩輔の農園は、苺の出荷が十一月から開始され、翌年の三月まで続く。作っている種類がたくさんあるので、ピークは分散されるのだが、それでもクリスマス前はてんてこ舞いの忙しさだ。

例年は、何人ものアルバイトを雇うのだが、今年はフルタイムで佐緒里とあいりが手伝ってくれる。また、愛美も日帰りだが手伝ってくれるようになった。三人とも熱心で、普通のアルバイトの二倍ぐらい働いてくれるから、アルバイトは雇わずに何とかなりそうだ。

あいりのことを二人には、「ハウスキーパーとして、家に来てもらっていたあいりさんだ。自分でも苺農家をやりたいというので、住み込みで手伝って貰う」と紹介した。あいりの部屋は一階の一番奥の和室だ。

あいりが来たことは、佐緒里にとっても負担軽減になった。さすがに元ハウスキーパー、家事全般の手ぎわは佐緒里以上なのだ。二人はお互い気が合うようで、苺の世話も、家事も上手に分担して仲良くやっている。

あいりが一緒に住むようになって、さすがに佐緒里が浩輔の入浴に合わせて浴室に来ることはなくなった。また、家事負担が減ったこともある。久しぶりに九州まで浩史に会いに行った。たっぷり濃厚なセックスをしてくるつもりらしい。

もちろん、浩輔も願ったり、叶《かな》ったりだ。その間は、あいりと心ゆくまでセックスできる。佐緒里の手前、浩輔がむやみにあいりとイチャイチャするのも慎んでいたから、二人の交接は熱烈なものになった。

そうこうしているうちに愛美の子作りのための泊りが、再度始まった。

それを機に、二人の嫁にあいりのことを正式に紹介した。

「まだ未入籍だけど、あいりを自分の妻にするつもりだ」

「そ、そうしたら、あ、あたし、お義父様にエッチしてもらうの、あいりさんに悪いですよね」

早速、愛美が心配した。愛美にとっては自分が妊娠できなくなるのが一番困る。

あいりが愛美に微笑んだ。

「愛美さんのことは、分かっているから大丈夫よ。しっかり浩輔さんの精を受けて、かわいい赤ちゃんを産んでね」

「はい、ありがとうございます」

三人は思った以上に馬が合った。浩輔をお互い取り合うこともない。その仲の良さは、浩輔の喜びだ。

そして今日はクリスマス。鍋倉家はクリスチャンではないが、クリスマス需要のお陰で商売繁盛しているので、クリスマスパーティは盛大にやる。今日の午後から明日一杯、農家の仕事は完全に休みだ。今年の参加者は、二人の嫁と将来の妻、そして浩輔の四人。息子たちがまだ家にいた頃のように盛大にできそうだ。

「準備はあたしたちだけでやりますから、お義父様はパチンコでもしに行ってください。準備が整ったら、電話します」

佐緒里にそう言われて追い出された。浩輔にとっては渡りに船だ。

(よかった。これで、プレゼントを選べる)

近くのショッピングセンターまで行って、クリスマスセールを物色する。帰りは飯合神社によって、愛美の妊娠祈願も忘れない。クリスマスは祝っても、浩輔は飯合神社の氏子総代だ。佐代子へのプレゼントのつもりで、いつもと桁違いの賽銭も入れる。

嫁たちへのプレゼントを仕入れて帰ってくると、全ての準備が整っていた。

「浩輔さんはこちらで着替えてください」

あいりに裸にされると、作務衣《さむえ》一枚を着せられる。

「お部屋は暖かくしてありますから……」

プレゼントを手に食堂に行くと、確かに暖房が効いていて汗ばむほどだ。テーブルの上には美味そうな料理が並んでいた。

そこに愛美と佐緒里が現れる。驚いたのは二人の嫁の格好だった。

「えっ」

思わず驚きの声を上げる。

サンタクロースのコスプレ。それもかなりきわどい。ノースリーブのツーピースだが、トップスが短く、下乳が見え隠れしている。ノーブラかもしれない。スカートはもちろん超ミニ。赤いガーターベルトでメッシュのストッキングを吊っている。

帽子は普通の三角帽子かと思ったら、苺だった。

浩輔は嫁たちには眼を向けないようにして料理を褒める。

「凄い御馳走だね」

「はい、苺尽くしですよ。三人で作りました」

と、佐緒里。

「前菜の盛り合わせはみんなで手分けして。ニンジンのポタージュとケーキはあいりさんが、ローストターキーは佐緒里さんが、サラダはあたしが。全部の料理に苺が必ず使われています」

愛美が説明してくれる。

「お酒は、実家の大吟醸はやめて、シャンパンとストロベリーワインを用意しました」

ストロベリーワインは、県の名産にしようと県の肝いりで始まったプロジェクトで、浩輔もそのメンバーの一人だ。もちろん、自家製の苺が山盛りになっていて、ケーキも苺だらけだ。

そこに二人の嫁と同じ格好をしたあいりが入ってくる。華やかさがさらに増した。テーブルの上から服装まで、赤が目立つ部屋は実際の温度よりも温かく感じる。

「はい、クリスマスプレゼント」

「わあ、嬉しいです」

嫁たちは浩輔からのプレゼントに喜んでくれた。嫁たちからは何もなかったが、彼女たちの笑顔だけで十分だ。

お酒も料理も抜群に旨い。きわどい会話も弾む。美しさの映える愛美、可愛らしさで佐緒里。熟しきったあいり。三人三様だが、三人ともふるいつきたくなるほどだ。

お酒が入って、ほろ酔い気分の浩輔の前で、三人はデザートのケーキを食べながら、露骨な会話を始めている。

「やっぱり、一番はお義父様だわ」

「あたしもそうかな、浩史さんも負けていない気がするけど」

「あたしも浩輔さん」

愛美、佐緒里、あいりが口々に言う。

「あいりさんは、たくさん経験しているんでしょ？」

愛美が尋ねる。

「さすがに『元旦那だけ』とは言わないけど、まあ、片手には余るぐらいかな……」

「でも経験しているのはいいことですよね。佐緒里ちゃんはどうなの？」

「あたしも片手ぐらいかな。でも、浩史さんと知り合ってからは浩史さん一筋ですよ」

「でもお義父様のおち×ちんは知っているんでしょ」

「それはお風呂で洗って差し上げていますから」

浩輔の入浴の世話は、三人が交代でやるようになっていた。

(なんだ、なんだ、ひょっとして男の持ち物の品定めか？)

しかし、浩輔はぼうっとしているだけではいられなかった。

「やっぱりお義父様のものが一番というのが、三人の一致した意見でした。ですから、お義父様のおち×ちんは今日、これから出しっぱなしにしていただきます」

「えっ、何、それっ」

突然言われて驚いた浩輔は、嫁たちにされるがままだ。あっという間に、作務衣のズボンと白ブリーフが脱がされ、下半身が丸裸になってしまった。

「ちょ、ちょっと、これは……」

下半身だけ裸、というのはどうにも間抜けだ。その上、逸物は半勃ち状態、というのも情けない。

「お義父様、今日は苺尽くしですよ。……ウフフフ、あたしたちもイ、チ、ゴ。お義父様は、全部の苺を食べつくしていいんです」

佐緒里が悪戯っぽく微笑む。

「さあ、浩輔さんの前に並びましょう」

あいりの声に、三人が並ぶ。

「えっ、何なの……？」

浩輔は全く勝手が分からない。

「あたしたちが、お義父様へのクリスマスプレゼントです」

三人が声を揃える。

「ど、どういうこと？」

浩輔の戸惑いに、愛美が答える。

「明日まで、あたしたち苺は、お義父様が自由に召し上がっていい、ということです。どんなエッチな命令を出していただいても、お義父様に美味しく召し上がっていただくために、精一杯頑張ります」

どうも三人を好きに抱いていいらしい。それでも、確認した。

「愛美とは、毎晩エッチしているよね」

「でも、いつも普通ですから、今日はもっと弾けて、いやらしいことしますってことなんです」

あの愛美が、そんなことを言うとは思わなかった。

「じゃあ、みんな、スカートをめくり上げて！」

あいりが号令をかけた。三人は一斉にスカートをめくり上げる。

「おおっ」

三人ともノーパンだった。その予感はあったけど、実際にそうだとやはりびっくりする。その上、佐緒里はパイパンに剃《そ》り上げられている。この間まではヘアがあったはずだ。

「佐緒里、どうしたの？」

「九州で、浩史さんに剃って貰っちゃいました。浩史さん、凄く嬉しそうに剃ってくれて……、やっぱり浩史さんって、お義父様に似ていますよね」

浩輔のむき出しの逸物がむくむくと起き始める。

「そう佐緒里が言うと、俺って相当いやらしい奴みたいだな……？」

「違いますか？　でも、あたしたち、みんなそのいやらしいお義父様が大好きなんです」

佐緒里が言うと、あいりも愛美も同感だというように頷いた。

「じゃあ、あいりも、愛美も佐緒里みたいにパイパンにしろって命じたら、やるんだな？」

「はい、もちろんです」

二人は異口同音に答えた。

「愛美も大丈夫か。浩一とも一緒に寝ているだろう」

「そんなの、浩一さんに文句を言わせません。あたしにとって一番大切なのは、浩一さんじゃなくて、お義父様ですから」

「ちょ、ちょっと待ってよ。それは拙《まず》いよ。あくまでも僕は、浩一の代理なんだから

「……」

そうは言ったものの、浩輔は嬉しさを隠せない。にんまりしてしまう。

「愛美にその覚悟があるなら、三人に命令するね。三人とも裸になりなさい。ただし、帽子とガーターベルトとストッキングだけはそのままにしよう」

三人は早速裸になる。脱ぐのは簡単だ、トップスとスカートを取り去ると、残るは帽子とガーターベルトで吊られたストッキングだけだ。

「三人とも、明日の夜までは、今身に着けているもの以外に着ていいのは、家事するときのエプロンだけだ。いいね」

「はい、分かりました」

三人が目を輝かせる。

ひとりのヌードでも十分美しいのに、三人並ぶと迫力が違う。すらりとしていて足が長く、巨乳な上にプロポーションのバランスが抜群の愛美。童顔と爆乳がアンバランスで、そこがエロ可愛い佐緒里、ちょっと垂れ始めたG乳と、腰回りの脂肪が完熟を思わせるあいり。三人とも裸を何度も見ている筈なのに、こう並ばれると、どのヌードも全く見飽きない。

「次の命令も、お願いします」

「では、テーブルの上を片付けて、洗い物でもして貰おうか」

三人がエプロンを着用する。三人とも胸当てのついたドレスエプロンだが、脇からのはみ乳が、いやらしさを滲ませている。

三人並んで洗い物をしている後ろでヒップの揺れを眺めながら、浩輔は今晩の作戦を練った。

(最初は愛美だな)

愛美への種付けは外せないから、その後でゆっくり次のことを考えたほうがよさそうだ。

愛美の後ろに移動し、後ろから手を廻して、エプロンの下から両乳房を握りしめる。

「ああっ、お義父様、まだ終わっていないのに……」

嬉しさと困惑が混じりあったような声。浩輔は、そんな困惑をものともせずに美乳を揉みながら、股間に手を伸ばす。

「ここはやっておくから、愛美さん、可愛がってもらいなさいよ」

「ほら、あいりのお許しが出たよ。じゃあ、こっちに来るんだ」

浩輔は、愛美の股間を弄りながら、愛美を壁に手をつかせて立たせた。

「フフフ、もう濡れているね」

「だって、こんなこと、するんですもの」

　拗ねたように言う。

「こんなの序の口だよ。今夜はみんなが見ている前で、いつもと違う体位でするからね」

「ああっ、愛美、お義父様に種付けされるところを見られるんですね」

　浩輔の二本指が一気に愛美の蜜壺に入り込む。中を攪拌《かくはん》するように指を廻《まわ》していく。

「ほら、愛美のスケベ汁がどんどん零れてくるよ」

「あっ、あっ、あっ、あっ、み、みんなの見ている前でっ……恥ずかしい」

「愛美だけじゃないよ。今日は、あいりも佐緒里も、みんなの見ている前で、エッチなことをしてやるから……」

　洗い物を続けている二人が、こっちを気にしているのがよく分かる。彼女たちも、愛美のよがる声と浩輔の嬲《なぶ》る声で、股間を濡らしているに違いなかった。

　そう思うと、浩輔の興奮も一段と上がり、すっかり硬化した肉棒が臨戦態勢に達する。

「エッチしてもいいだろう？」

「ああっ、みんな見てる。ああっ、恥ずかしいけど、ああっ、来てください」

愛美の身体全体が火照っていた。

後ろから、花弁に逸物を擦りつける。

「ああっ、後ろからなんてっ」

その声に期待を感じた舅は、すっかり膨張した肉刀を突き上げるように挿入する。

「ああっ、来てる。来てるのぉ……。ああっ、お義父様のおち×ちん、ほんとうに硬くて大きいのぉ……」

立ちバックは浩輔も長年やったことがない。しかし、今日の異様な雰囲気のお陰でスムーズにその体勢に入れた。

足を踏ん張っているせいか、愛美の蜜壺の感触もいつもと違う。変形した肉穴が違った方向から浩輔に刺激を与える。

「おおっ、これはなかなか……」

愛美の肉穴は元々狭隘だが、それがますます狭くなって、浩輔の逸物を締め付けている。その強さが半端ない。

しかし、愛美も止まっていない。入ってきた肉棒をしっかりと味わおうと、本能的に腰をうねらせる。

強い締め付けだが、中は蕩けるように柔らかく、絡みつくねっとりした肉襞が、いつも以上に浩輔を興奮させる。

「ああっ、凄いぞっ」

「あっ、奥がっ、奥が、突かれているのぉぉぉ、ああっ、お義父様ぁ、あっ、あっ、早くぅ、くださいぃぃぃ」

美嫁が狂乱する。

浩輔はその言葉に、腰をグラインドさせ、ピストンを開始する。

(早く愛美が妊娠しますように……)

飯合神社の神に再度祈りながら、腰を使う。

「あっ、あっ、あっ、あっ、あっ、ああっ、気持ちいいっ……、ああっ、イクぅぅぅ」

浩輔の中出しのための腰遣いに、愛美の肉襞がすぐに反応し、精液を搾《しぼ》り取ろうと締めつめる。浩輔の射精感が一気に盛り上がる。

「イクぅ……、イクぅ……、ああっ、お義父さまぁぁぁ……」

絶頂に昇りつめる嫁に向かって、浩輔は今日の最初の白礫を浴びせていく。

「ああっ、お義父様の精液が、愛美の子宮に届いているのぉ……、ああっ、熱いわ……、最高ですぅ……」

愛美はいつもと違った体位ながら、最高の快美を感じながら、舅の精液をしっかり受け止める。愛美の締め付けはそれだけでは終わらない。浩輔も残りを二発、三発と打ち出して、精嚢を空にするとようやく肉棒を抜き出した。

愛美はその場に崩れ落ちる。

後片付けが終わって、この様子をじっと見ていたあいりに、浩輔が命じる。

「あいり、悪いけど、お掃除してくれ」

力感がなくなったペニスを婚約者に突きつけると、今まで愛美の中にあったにもかかわらず、あいりは、何の躊躇もなく口に含みペロペロと舐めまわす。

佐緒里はちょっと驚いたように見つめる。

「気持ち悪くないですか？」

綺麗に舐め上げたあいりは、ゆっくり口から肉棒を離すと、佐緒里に答える。

「どうして気持ち悪いの。可愛い愛美ちゃんの中に入っていた浩輔さんのおち×ちんよ。悦んでおしゃぶりしちゃう」

それから四人はお茶を飲みながら暫し休憩した。

「王様、次の命令をくださいませ」

一休みした後、あいりが言った。

「そうだな、さっきの言葉通り、オマ×コの毛をまず、剃ろうか」

浩輔は愛美に、剃刀《かみそり》やシェービングクリームの用意をさせる。さらに、食堂のテーブルの上にタオルケットを敷かせ、その上に仰向けになり、M字開脚をするように命じた。あいりと佐緒里はテーブルの周りを囲む。

「愛美はしっかりお股を開いて、剃毛の邪魔をしないようにするんだ」

「ああっ、恥ずかしいです」

愛美は仰向けになったまま顔を背けたが、開いている脚を閉じることはなかった。スポットライトを股間に当てる。さっきの中出しの液が一部零れている。繊毛は濡れそぼって黒光りしている。

「佐緒里みたいに可愛くなろうな……」

「よろしくお願いします」

まだ絶頂の快感の余韻が残っているのか、その声は嫌がってはいない。

浩輔は、柔らかな縮れ毛にシェービングクリームを吹き付け、白一色にする。しばらく放置して、おもむろに剃り始める。

「ジョリ、ジョリ」

「あっ、あっ、恥ずかしい」

愛美が小声で恥ずかしさを訴える中、白い泡が消えると、中に隠れた黒い縮れ毛も一緒になくなり、白い肌が露出する。

「ジョリ、ジョリ、ジョリ」

少しずつ肌の面積が広がっていく。

「ああっ、そこっ、感じるぅ……」

剃毛は、陰唇の周りに至り、また夥《おびただ》しい愛液が零れ始める。

「愛美、チ×ポを入れているんじゃないのに、スケベ汁が出始めたよ。剃られるのが、そんなにいいか？」

「ああっ、お義父様、いじめないでください。剃られているうちに、気持ちよくなっちゃって……」

「そうなのよね。あたしも浩史さんに剃られて、そうなっちゃったもの……」

脇から覗き込んでいた弟嫁が共感する。

浩輔は、剃り残しがないかを丁寧に確認しながら、綺麗に剃り上げた。最後に蒸しタオルをあてて、残ったクリームを拭き取る。

「よし、すっかり可愛くなった」

「あっ、可愛い。お義姉様って、お顔も可愛いけれど。オマ×コも可愛いんですね」

佐緒里が爆乳を揺さぶりながら中を覗き込んだ。

「そう言う佐緒里ちゃんも可愛いわよ」

あいりが二人の股間を見比べる。

その会話を耳にしながら、浩輔はあいりの手を取った。

「次はあいりの番だよ」

「あたしのオマ×コ、愛美ちゃんみたいに可愛くないから、何か幻滅させそうね」

「そんなことないさ。いつも見ているけど、とても素敵なオマ×コだよ。余計な毛がなくなったら、もっと可愛くなること、疑いないよ」

愛美の代わりにあいりがテーブルに上る。

あいりの股間も、浩輔の手で瞬く間に剃り上げられる。

「これで、全員パイパンだな。これからこの家にいる女たちは、いつもパイパンでいなければいけないことにしよう。それでいいかな」

浩輔は三人の女たちを見渡す。全員が頷いた。

「となると、あとは佐緒里だな」

「あたしは、この間浩史さんに剃られました」

「でも、浩史が剃り残したかもしれないし、もう何日も経っているんだから、少し生え始めているかもしれないじゃないか。お義父様が確認して、ちょっとでも生えていたら、綺麗なツルマンにしてやらないとな」

「ああっ、恥ずかしい」

佐緒里が真っ赤になる。

しかし、義兄嫁も将来の義母も剃られたのだ。佐緒里だけしないということは許されないことぐらい、佐緒里には分かっていた。すぐにテーブルに上がり、M字開脚の姿勢を取る。

「お義父様、佐緒里のオマ×コをよく確認して、残り毛が一本もないように綺麗に剃り上げてください」

「愛美、あいり、二人で佐緒里のおっぱいを愛撫して気持ちよくしてあげなさい」

浩輔の指示に、二人は佐緒里の両側に陣取った。

「えっ、何をするんですか？」

ちょっと不安げな佐緒里に浩輔は答える。

「佐緒里はおけけがほとんどないから、シェービングクリームはいらんだろう。自分のラブジュースが出ればそれで剃れるから、三人で佐緒里に気持ち良くなって貰って、たっぷりラブジュースを出してもらうよ」

「あっ、そ、それはちょっと堪忍してください」

「ああっ、それって、いいアイディアですね」

佐緒里がちょっと嫌がるが、兄嫁と将来の義母は眼を輝かせて爆乳に取り組む。

「ほんとうに凄いおっぱいよね。こんなに大きいのに、形が抜群で、柔らかくて、その上、何、この乳首。あたしはエッチですって言わんばかりに盛り上がって……」

あいりはちょっと虐めるような口調で弟嫁の乳房を揉み始める。

「そういうあいりさんだって、大きくて綺麗ですよ」

愛美がむき出しのあいりの乳房に手を伸ばす。

「止めてよ。佐緒里ちゃんはHだけど、あたしはG。負けているんだから……」

「そうですよね。あたしはFですからね。まだちっちゃい」

仲は良さそうでも、乳房の大きさにはそれぞれライバル心があるようだ。

「世間標準から言えば、三人とも十分巨乳だよ。三人とも大きくて、形が良くて柔らかい。僕はどれも、甲乙つけがたいと思うな」

浩輔は、二人をなだめる。

「とにかく、僕は三人とも大好きだから、今は、佐緒里を可愛がってあげて……」

「はい」

納得したように返事した二人は、また弟嫁の感度のよい乳房に取り組む。たっぷり揉み込んだ後大きな乳首に吸い付き、舌先で快感を送り込む。

「あっ、あっ、ダメっ、そ、そんなにされたら……」

頭を左右に揺らして、切なそうな声を出す。

浩輔は、両膝の間に頭を入れ、指で陰唇を引き延ばし、確認する。

「さすがに、マ×コの中にはないようだな……」

「あひん、そ、そんなところにありません」

「他のところには、剃り残しがあるな。ほら、腰を動かすんじゃない」

二人からの愛撫に加えて浩輔の手指の動きだ。腰が動いてしまうのは無理もない。

「お義父様、すみません……」

浩輔のたしなめの言葉に、必死に動きを止めようとする佐緒里の姿がいじらしい。

しかし、愛美とあいりの愛撫は更にポイントを突き、浩輔も手指で陰唇愛撫を開始している。小陰唇への愛撫は、あっという間に佐緒里を絶頂に導いた。

「ああっ、イクぅ……」

童顔の嫁は、食堂のテーブルの上で腰を浮かせ、アクメの痙攣を起こす。花弁の狭間から、温かい粘液が漏れ出し、陰唇周囲をたっぷり濡らした。

しかし、浩輔はまだ、剃刀を手にしようとはしない。その代わり、透明の粘液が零れる女の中心に顔を近づける。唇を花弁に触れさせる。

「ああっ、お義父様っ、そこはダメっ」

佐緒里とは相当濃厚な接触をしているが、浩輔はずっと受け身だった。自分から攻めたことはない。

「今日は、ダメはなしじゃあなかったの？」

「そうよ、佐緒里ちゃん。今日ぐらい浩史さんのことを忘れて、お義父様に可愛がってもらいなさい」

浩輔の疑問に、愛美が兄嫁の貫禄《かんろく》を示す。

「もっと出して濡れ濡れにしないと……」

「ああっ」

割れ目に沿って舌でなぞると、佐緒里は悩ましい声を上げた。

「二人はもっともっと佐緒里を気持ちよくさせるんだ」

浩輔の助手と化した二人は、乳房の愛撫も続けながら、全身リップを始める。女同士、どこが性感帯かはよく分かっている。佐緒里の感じやすいところを集中的に攻撃し始めた。

「ああっ、あぃりさん、お義姉さん、だ、だめッ、だめッ、ああっ、そ、それは……」

浩輔は佐緒里の秘穴に唇を密着させ、中の愛液を吸い上げる。

「ああっ、あっ、き、気持ちよ、良すぎるぅぅぅぅぅ」

絶叫して腰を浮かせるが、三人でがっちり捕まえているので逃げようがない。

「こうすると、佐緒里のスケベ汁がいっぱい出てきて、ますます剃りやすくなるよ」

浩輔の鼻の頭が、佐緒里の愛液にまみれて、てらてらに輝いている。

「ひぃ、あひぃ、あひぃぃぃぃぃ」

浩輔は、その後も指と舌とで、佐緒里をたっぷり啼《な》かせたあと、おもむろに剃刀を取り上げる。

「これぐらいヌルヌルになれば、石鹸なんか絶対にいらないな」

浩輔はほとんど黒いものの見えない股間を丹念に剃り上げ、正真正銘のつるつるに仕上げた。

「これで三人ともつるつるだ。このままのスタイルで、明日の夕方まで僕にご奉仕するんだ」

「なんか、凄くエッチ」

「いいんだよ。みんなエッチだろ？」

あいりの言葉に浩輔はすかさず返す。

「確認するけど、この中でエッチなことが嫌いな奴、手を上げて」

浩輔は三人を見渡す。もちろん手を上げるものは誰もいない。

「じゃあ、僕とエッチなことをしたい人？」

三人はお互いの手の上げる様子を見定めながら、手を上げていく。

「よし、では、これからが本番だな。お風呂から上がったら、全員で楽しむからな」

「はい、お願いします」

浩輔を見つめる嫁たちの瞳が期待に輝いている。

本当であればお風呂でもたっぷり楽しみたいところだが、さすがに四人一緒には入れない。くじ引きで勝ったあいりと一緒に入浴したが、本番はその後だ。あいりに身体を洗ってもらったが、今日はソーププレイを求めない。

全員が入浴し、座敷に揃った。今度は全員が正真正銘の全裸だ。

「全員でお義父さんをご奉仕するんだ」

その言葉に嫁二人が仁王立ちの浩輔に唇を寄せてくる。ダブルフェラだ。二人で左右から肉幹に唇をつけ、舌先でフルートを吹くようにチロチロと舐め始める。あいりも負けてはいない。後ろに回ると、アナル舐めを開始する。

愛美と佐緒里の唇は、鏡のように肉幹の上を左右に動いていく。それが終わると今度は愛美が亀頭を咥え、佐緒里は皺袋へ舌を伸ばす。

あいりもしっかりと舌を伸ばして、肛門の穴をほじるように使っている。

「あああっ、凄い、凄いよ」

五十五にもなってこんな経験ができるとは思ってもいなかった。あまりの気持ちよさそうに腰が砕けそうだ。

そのまま仰向けになる。嫁たちのリップサービスはその後も続いた。

今度は股間にあいり、浩輔の両脇に愛美と佐緒里だ。

あいりは嫁二人の唾液で光る肉棒を口に運ぶ。嫁二人は、左右から舅の乳首を啄《ついば》み始める。浩輔の両手は嫁二人の乳房に伸びていく。二人とも乳首がすっかりしこって、摘まみ上げると、「あああっ」と声を上げる。タイプの違う嫁なのに、反応が一緒なのが面白い。

あいりの今日のフェラチオはねっとりしている。激しさはないが、じわっとした快感がずっと持続する。

「愛美と佐緒里は、僕のすぐわきで膝立ちになるんだ」

顔を左右に倒せば、ちょうど二人のむき出しの股間が見える位置に二人が相対する。

二人の嫁は、浩輔が何を期待しているかよく分かっている。

「お義父様、あたしたちのオマ×コで、お指を綺麗にしてください」

愛美のその言葉に心が躍る。

二人の嫁の中はどちらも熱かった。

「二人とも、もうすっかり洪水だ」

指でかき混ぜてやると、二人の艶めかしい声が座敷に響く。

「あああっ、お義父様ぁぁぁ」

「ああっ、お義父様、ああっ、気持ちいいですぅぅ」

二人とも身体を震わせる。巨乳が揺れるさまは見ごたえがある。そして、二人とも熱い液が新たにあふれてきて、舅の手指を濡らす。

もちろん、あいりによるフェラチオも最高に気持ちがいい。今、浩輔が射精しないのは、さっき愛美の中に出したからに過ぎない。まだ我慢は可能だ。

「そうだ、佐緒里。顔面騎乗するんだ」

「ああっ、お義父様、そんなことするんですかぁ……？」

「今日は、佐緒里はプレゼントだからな、好きにさせてもらうよ……」

「分かりましたぁ」

恥ずかしそうに言いながらも、いそいそと浩輔の顔を跨り膝立ちになる。嫁のむき出しの陰唇が目の前にあった。下から見上げるとHカップの巨乳も半端ない。浩輔は下から乳房を鷲掴みにし、むぎゅむぎゅと揉みながら頭を上げて、舌を伸ばす。さっきから充血しっぱなしのクリトリスに舌先をあて、嬲ってやる。

「あああああーっ、お、お義父さまぁ、気持ちいいですぅ……」

嫁が嬉しそうなよがり声を上げて悶える。新たに生まれた愛蜜がシャワーとなって顔に降りかかる。

浩輔は、舌を広げてそれを受け止めながら、そのまま舌先を固くして秘裂の中に押し込みかき混ぜてやると、愛液が止めどもなく流れ込み、舅の口をいっぱいにする。

佐緒里は一緒に入浴すれば、自分の身体で浩輔の全身を洗ってくれるが、浩輔の口が触れたところは乳房だけだった。

肉棒を入れた経験はあっても舌を入れたのは初めてだ。綺麗に剃り上げた女の下の唇にキスをするのは最高の気分だった。

一方全身リップを続けている愛美は、乳首からだんだん下がって、あいりの頭とぶつかった。二人が顔を見合わせる。

「みてよ。さっき愛美ちゃんに出したばっかりなのに、こんなになっちゃった……」

顔を上げた熟女が唾液にまみれた巨根を扱いて見せる。

「ほんとうに凄いですね。あたしさっきの立ちバックで妊娠させられたような気がしますもの……」

「きっとそうよね」

先端からとろりと先走りの液が流れている。

「佐緒里さんは中出し禁止ですから、次に中に出して貰えるのは、あいりさんですね。楽しみですね」

そう囁いた愛美の言葉を耳ざとく聞いた佐緒里が言った。

「あ、あたしたちは今日はお義父様への贈り物ですから、お義父様は好きにされていいんです。だ、だから……」

「えっ、ひょっとして今日は中に出していいのか？」

嫁の股間を熱心に舐めていた浩輔が驚きの声を上げる。

浩史に悪いと思わないではないが、こんな魅力的な嫁の中に、一度は中出ししてみたいのが浩輔の本心だ。

「はい、お願いします」

「じゃあ、唇のキスも？」

「はい、今日だけはＯＫです」

（わお！）

浩輔は心の中でガッツポーズを取った。先走りが溢れている肉端もフルフルと震えている。

もっと三人からサービスを受けるつもりだったが、こうなったら善は急げだ。

「じゃあ、悪いけど、次は佐緒里とするから、愛美とあいりはそれを見ながら、僕たちがもっと興奮するようにサービスしてくれ」

浩輔が起き上がると、全裸の嫁が目の前に座っている。浩輔が手を伸ばすと、佐緒里が抱きついてくる。二人の顔が近づいた。

ずっと触れることのなかった嫁の唇が目の前にあった。

「お義父様、キスして貰ってもいいですか？」

上目遣いでねだるその姿は、信じられないほどの可愛さだ。

「ああ、もちろんだよ」

佐緒里と唇が接触する。最高に甘い唇だった。

すぐに唇が小さく開かれ、紅色の舌がちろっと出現し、浩輔の唇を割り込んでくる。浩輔もすぐに迎え撃ち、義父の口の中で二人の舌が絡み始めた。

同時に最高に柔らかい乳房をしっかり揉み込んでいく。

考えてみると、佐緒里の巨乳は何度も揉んでいるが、いつもは佐緒里の指示で揉ませて貰っている。自分の意思で積極的に揉むのは初めてかもしれない。自分から積極的にいくキスと乳房愛撫では、気分が違う。嫁をだんだん盛り上がらせていく。

愛美とあいりには何度もしていることが、佐緒里となるとまた新鮮だ。

「ペチャ、ペチャ、ペチョ……」

舌同士の絡みが濃厚で、音が卑猥《ひわい》に響く。

「凄いわね、佐緒里さん」

「ああ見えて、お義父様、キス上手ですよね」

あいりと愛美も、浩輔たちのキスに興奮させられたか、二人の様子を見ながら、お互いの身体に手を伸ばしあっている。

隣で女同士のキスが始まった。美人同士のキスは見事だが、そんなものに見とれている余裕は浩輔にはなかった。

キスを続けながら、佐緒里の身体をゆっくり横たえていく。

唇が離れ、乳首に吸い付く。何度も吸わせてもらっている乳首だが、自分からいっている、という事実が、浩輔の逸物を更に昂らせる。

「あっ、あっ、あっ、あっ、お義父さまぁ……、いいのぉ……」

右乳首を吸い上げながら、左乳房を揉むだけで、佐緒里のよがり声が切迫する。

今度は左乳首を吸い上げながら、右手は女の中心に入っていく。ほんの少し前にそこから愛液を吸い上げたばかりだったが、そのぬかるみはまた洪水になっている。まとわりつく粘液が熱湯のようだ。

「お義父さまぁ……、そ、そろそろ……」

自分から求めるのは浩史への裏切り行為だろう。しかし、今、佐緒里は、浩輔に抱かれる以外に何も考えられないようだった。

(凄いっ、いやらしいよ……)

脇では、あいりと愛美とが、キスを止めて浩輔が佐緒里を愛撫している様子をじっと見ている。二人の思いのこもった熱い動きに、言葉もなく凝視している。

「お義父さまぁ……」

切なそうな声に艶っぽさが混じっている。

「そろそろ、いくよ」

上半身を起こした浩輔は、切っ先を嫁の淫裂に宛がう。それに気づいたのか、陰唇が悦びに震える。その持ち主も要求を口に出す。

「あああっ、早くぅ……、お願いしますぅぅぅ」

腰をぐっと突き入れると、中に逸物が入っていく。佐緒里の中も初めてではないが、自分の意思で入ったのは初めてだ。

肉襞がまるで別の生命《いのち》を持ったかのように、うねうねと浩輔を締め付けてくる。いつもは絶対中出しできないと思うから、どうしても気持ち良さが半減する。

しかし今日は違うのだ。中出ししてもかまわないと思っているからリラックスできる。すると、神経の方向が快感を味わうように変わるようで、いつも以上に締め付けが気持ちよく感じられる。

「ああっ、お義父さまで、中がいっぱいになっているぅ……」

佐緒里の喜悦の声が耳に心地よい。

「う、動いてもいいかい」

「ああっ、お義父さまぁ……、動いて、もっともっと佐緒里を気持ちよくしてくださぃ……」

「おおっ、凄いよっ」

ほんとうに中の感触が、今までとは段違いだった。愛美もあいりの中も素晴らしいが、佐緒里の中が一段上のように思えてしまう。相性抜群とは、きっとこのことなのだろう。

腰をゆっくり使い始める。嫁の腰を持ち上げ、一番奥までたっぷり味わうようにして、ゆっくりストロークを使う。

「ああっ、いいっ、いいのぉ……、ああっ、何でこんなにぃぃぃぃ……」

佐緒里のよがり声に、あいりも愛美も我慢できなくなったようで、自分の秘部に、指をこすりつけ始めている。

「佐緒里ちゃん、気持ちいいのね……、お義父様のおち×ちんは最高だからね」

愛美が佐緒里の耳元で囁く。

浩輔はあいりの唇を求める。あいりと唇同士を啄みながら、腰を悠然と動かしていく。

「ああっ、ああっ、ああっ、ああん……」

よがり声が甲高く響く。

「愛美は佐緒里のおっぱいを吸うんだ」

「ああっ、そ、そんなことされたら……」

「気持ち良すぎて、発狂しちゃうかもね……、でも、そうして貰いなさい。お義父様のこと、もっと好きになれるように……」

あいりの言葉に愛美も背中を押されたように、佐緒里の巨乳に唇を寄せていく。

「佐緒里ちゃん、狂ってね……」

「お義姉さん……」

義姉が佐緒里の屹立した乳首を強く吸い上げる。

「ああっ、ダメッ、ああっ、ほんとうにぃぃぃぃぃ……」

浩輔の悠然とした動きと違って、愛美の愛撫は妹嫁にとってストレートな興奮を与えている。急によがり声のテンションが上がる。

「あいり！」

浩輔はあいりの乳房を自分の顔面まで持ってこさせると、それを吸いながら、腰も使っていく。一人のけ者にされていた、将来の妻の乳房をしゃぶりながら、嫁の膣道を抉っていく。

最高の気分だ。

自分の逸物は、最愛の若嫁の中でたっぷり肉壺を味わっている。

その若嫁は、舅の逸物による肉悦ばかりではなく、義兄嫁による絶妙な乳房愛撫で、ますます燃え上がっている。

（二人はレズの才能もあるみたいだな……）

二人でレズ関係になった結果、これまで以上に仲良くなるなら、舅としても嬉しい。自分も嫁の中で快感をはぐくみながら、婚約者の乳房を吸っている。これもあり得ない悦楽だ。

浩輔は、三人を順繰りに見ながら、腰の動きだけは止めない。ゆっくりと、佐緒里の蜜壺をかき混ぜながら、ペニスにまとわりつく女肉の素晴らしい感触を味わう。

「あっ、あっ、あっ、あああぁーん、お義父さまぁ……、ああっ、気持ちいいっ」

「ようし、いいぞっ、いいっ、佐緒里っ、もっとよがれ！」

佐緒里の快感が急激に立ち上がっていく。

「ああっ、お義父さまぁ、あっ、あっ、あっ、イクッ、イクッ、いくーっ」

妹嫁は、浩輔の激しい突き込みに、激しいアクメに見舞われ、身体を弓なりに反らした。

一度愛美の中に放出した浩輔は、まだ余裕があった。しかし、最高の快美の中で、浩輔の衰えたはずの精子製造能力も、フル回転しているようだ。精嚢がいっぱいになるのも時間の問題だろう。

浩輔は、突然悪魔的なことを思いついた。

(今日はクリスマスだけど、俺は飯合神社の氏子総代だったな)

飯合神社は子孫繁栄の神で、「乱交推奨」を、佐代子が以前教えてくれた。

(氏子総代は、率先してやらなきゃな……)

「あいり、愛美、佐緒里の隣で四つん這いになるんだ」

「はい、お義父様」

二人はいそいそとその格好を取る。後ろから見ると、さっき中出しされた愛美だけではなく、あいりの濡れ方も尋常ではない。みんなが興奮していることが最高に嬉しい。

浩輔は、佐緒里から逸物を抜き取ると、すぐさまあいりの中に突き込む。

「ああっ、浩輔さんがいらして下さった……」

浩輔は、美熟女を抱え込むようにして、熟巨乳を鷲掴みにし、腰をしっかり使う。

「ああっ、あいりの中も素晴らしいなあ、最高に気持ちいいよぉ……」

浩輔の言葉に嘘はない。淫らな４Ｐにあいりの発情もいつも以上で、それで肉襞の蕩《とろ》け方も新境地に入ったのだろう。

浩輔はあいりの肉壺を激しく擦りつける。女をイカせるための腰遣いに、浩輔の逸物にすっかりなじんでいるあいりは、ひとたまりもなかった。

「あっ、ダメっ、そんなに激しくぅ……、ああっ、ああっ、あっ、イクーっ」

身体を小刻みに震わせて、その場に崩れ落ちる。

浩輔は、最後の放出を抑制できている。

そこから肉刀を引き抜くと、それは更に赤黒く光り、更に硬度を増して反り返り、湯気まで出ていた。浩輔は、今度は愛美に挑みかかる。

さっき中出しされた肉襞は、再度の侵入にまるで記憶があるかのように肉棒を歓迎してくれる。

あいりにしたのと同じように、後ろからしっかり腰を使う。

「ああっ、お義父様ぁ、二回もして貰えるなんて、愛美、幸せですぅ……」

「愛美の中も最高に気持ちいいよっ」

「ああっ、愛美、お義父様のおち×ちん、大好きですぅ」

突かれながら、そういう美女は、陰が完全になくなり笑顔でいっぱいだ。

さっきの余韻が残っている愛美が絶頂に達するのは、すぐだった。

「ああっ、お義父さまぁ、ああっ、気持ちいいのぉ……、イクぅ……、イクぅ……、イッちゃう……」

あられもないよがり声を零しながら、兄嫁も再度の天国に送りこまれた。

「待たせたな」

浩輔は、再度弟嫁に挑んでいく。二人の愛液が塗されて光る肉棒が、佐緒里の中に再び納まった。

「ああっ、よかった。お義父様、中に出されないで、あいりさんのところに行かれたんで、どうしようかと心配していたんです」

佐緒里は涙目だった。

「悪かったね。でも、二人の中に入ったばかりのおち×ちんで、佐緒里も気持ちよくなって欲しかったんだ」

浩輔は佐緒里の身体を引き上げると、対面座位になる。キスをしながら腰を使う。

気持ちよさそうにキスする佐緒里が可愛い。

「いつもありがとうな。浩史が戻ってきても、僕とも仲良くしてよ」

「ああっ、もちろんですわ。佐緒里はお義父様の嫁で一番弟子ですから。一生お仕えします」

「おおっ、佐緒里っ！」

浩輔の喜びが腰遣いを激しくさせる。再度正常位に戻ると、今度は自分が種付けするための腰遣いに変えていく。

「イクッ、イクッ、イクぅぅぅぅぅぅ」

長い絶頂の叫び声が、佐緒里の最高の快美を物語っていた。

さしもの浩輔もそろそろ限界が近づいてきた。

痙攣する佐緒里の乳房をしっかり握りしめ、腰の突き込みを激しくしていく。

「ああっ、佐緒里ぃ、ほんとうに中に出すからなぁ……」

「嬉しいですぅ」

息も絶え絶えに悦びを語った若嫁の中で浩輔が果てる。

ピクリとペニスが引き攣り、遂に満タンになった精嚢から濃厚な精液が尿道を奔る。

浩輔は、佐緒里の一番深いところで、樹液を噴出させた。

「ああっ、お義父さまあ、佐緒里は幸せ者ですぅ……」

佐緒里の笑顔が嬉しい。ゆっくりペニスを引き出していくと、あいりと愛美が口を開けて待っている。

二人ともお掃除してくれるらしい。

舌を伸ばしてくる二人を見ながら、浩輔は考えている。

(浩史が戻ってきて、普通の二つの夫婦に戻るのは詰まらないな……。俺は、乱交推奨の飯合神社の氏子総代だよ。浩史にも氏子総代を継がせることを前提にすれば……、浩史にも協力してくれるかな……？）

浩輔は、あいりと愛美にお掃除させながら、このパラダイスを存続させるための知恵を絞る。

（了）

※本作品はフィクションです。作品内に登場する
団体、人物、地域等は実在のものとは関係ありません。

巨乳嫁《きょにゅうよめ》みだら奉仕《ほうし》

〈書き下ろし長編官能小説〉

2021年1月15日初版第一刷発行

著者……………………………………………梶 怜紀

デザイン………………………………………小林厚二

発行人…………………………………………後藤明信

発行所……………………………………株式会社竹書房

〒102-0072 東京都千代田区飯田橋2－7－3

電 話：03-3264-1576（代表）

03-3234-6301（編集）

竹書房ホームページ http://www.takeshobo.co.jp

印刷所…………………………………中央精版印刷株式会社

定価はカバーに表示してあります。

乱丁・落丁の場合は当社までお問い合わせください。

ISBN978-4-8019-2525-0 C0193

竹書房ラブロマン文庫　近刊目録

好評既刊

長編官能小説〈新装版〉
堕とされた女捜査官
甲斐冬馬　著

違法ドラッグ組織に囚われた女捜査官は媚薬と快楽の性奴調教に女体を蝕まれ!?　凌辱ハードエロスの傑作！

726円

長編官能小説
兄嫁とふたりの幼馴染み
河里一伸　著

サラリーマン青年は、ふとしたことから憧れの兄嫁とお姉さん幼馴染みたちに誘惑される…。年上美女エロス！

726円

長編官能小説
まさぐり先生
北條拓人　著

ブラック会社で働く青年は、かつて憧れた三人の女教師と淫らに癒し癒される関係を…。美人先生ハーレムロマン。

726円

長編官能小説
田舎の盛り妻
桜井真琴　著

支社に飛ばされた男は地元の人妻たちに甘く誘われて!?　純朴かつ性に貪欲な田舎妻を描く、地方エロスの決定版。

726円

好評既刊

時代官能小説
艶討ち始末人
八神淳一　著

江戸時代。美しき女暗殺者は敵に囚われ淫らな肉体を蹂躙される…！　巨匠が描く時代官能エンターテインメント。

726円

長編官能小説
ふしだら近所づきあい
梶　怜紀　著

ひょんなことから中年男はご近所の美女たちにモテまくるようになって…!?　気鋭が描く町内ハーレムエロス！

726円

長編官能小説
まぐわい村の義姉
九坂久太郎　著

十数年ぶりに帰郷した青年はなぜか村の美女たちから淫らな奉仕を受ける毎日を…。快楽の誘惑ハーレムロマン！

726円

長編官能小説
人妻肉林サークル
杜山のずく　著

倦怠期の夫婦は刺激を求めて不倫サークルに入会し、互いに新たな快楽を見出し!?　気鋭の描く夫婦和合ロマン。

726円

長編官能小説
人妻　痴女くらべ
庵乃音人　著

「こんなに淫らな女でごめんなさい…」快楽に乱れまくり、一線を越える人妻たち！　超刺激的な淫乱エロス登場。

726円